國家藝術基金

CHINA NATIONAL ARTS FUND

文心微言

（第2辑）

2018年度国家艺术基金项目

「江苏文艺评论平台建设」结项成果

江苏文韵

社会主义文化建设与优秀文艺评论

主编 赵晖

副主编 邱实 王焰

南京师范大学出版社

NANJING NORMAL UNIVERSITY PRESS

图书在版编目(CIP)数据

江苏文韵：社会主义文化建设与优秀文艺评论 / 赵晖主编. —南京：南京师范大学出版社，2020.9

(文心微言. 第2辑)

ISBN 978-7-5651-4623-7

Ⅰ.①江… Ⅱ.①赵… Ⅲ.①文艺评论—中国—当代—文集 Ⅳ.①I206.7—53

中国版本图书馆CIP数据核字(2020)第084525号

丛 书 名	文心微言(第2辑)
书　　名	江苏文韵:社会主义文化建设与优秀文艺评论
主　　编	赵　晖
副 主 编	邱　实　王　焰
策划编辑	张　春
责任编辑	秦　月
出版发行	南京师范大学出版社
地　　址	江苏省南京市玄武区后宰门西村9号(邮编:210016)
电　　话	(025)83598919(总编办)　83598412(营销部)　83373872(邮购部)
网　　址	http://press.njnu.edu.cn
电子信箱	nspzbb@njnu.edu.cn
照　　排	南京开卷文化传媒有限公司
印　　刷	盐城市华光印刷厂
开　　本	890毫米×1240毫米　1/32
印　　张	8.125
字　　数	181千
版　　次	2020年9月第1版　2020年9月第1次印刷
书　　号	ISBN 978-7-5651-4623-7
定　　价	52.00元

出 版 人　张志刚

前　言

我国是一个具有悠久历史文化的国家，在漫长的历史长河中，各类文化“百花齐放”，形成了灿烂多样的中华文化体系。进入新时代，我国以中华优秀传统文化为基础，以社会主义先进文化为主体，融合各地区、各民族的文化精粹，建立了兼容并包的中国特色社会主义文化体系，显著提升了国家文化软实力。随着经济社会的不断发展和改革开放的进一步深化，各类“舶来”的文化理论不断涌入，各种类型的文化在当代中国社会文化的大舞台上相互交融、相互碰撞。这在促进我国文化繁荣的同时，也对社会主义主流文化产生了一定的冲击。因此，如何保证我国文化发展的繁荣和正确方向，就成为当前我国文化事业发展的重要研究课题。

2018 年 3 月，南京师范大学公共管理学院获批国家艺术基金资助项目“江苏文艺评论平台建设”。该项目以习近平新时代中国特色社会主义思想为指导，立足传统文化与现代文化交织融合的现实，旨在建立一个弘扬社会主义主流文化的话语平台。该项目借助新媒体构建传播平台,以社会主义文化发展、江苏地方文化发展、传统文化的现代发展、当代文化文艺和戏曲戏剧评论等为主要内容,精心组织并发布相关评论性文章,借此实现新时代社会主义文化理论研究与文艺评论宣传的目标。项目平台作者包括文化理论研究专家、知名艺术家、戏剧戏曲的从业者、报纸杂志的专栏记者、职能部门管理者、文艺爱好者以及高校师生等,作品具有较强的代表性,不少文章在社会上产生了较大的影响。我们对这些作品进行了认真的筛选、分类和重新修订,汇编成《文心微言》(第 2 辑),深入体现了“江苏文韵”的丰厚内涵。

作为 2018 年度国家艺术基金资助项目“江苏文艺评论平台建设”的代表性成果,《文心微言》(第 2 辑)延续了第 1 辑的风格,采用短小精悍的评论性文章,对新时代文化、优秀传统文化以及诸多文艺成果等进行广泛的研究和探讨。具体而言,本书坚持以社会主义文化理论为指导,立足新时代中国特色社会主义发展的现实要求,通过对各种形式文化、文艺作品的赏析与研究,生产出一批具有时代特征的文化、文艺评论成果。

作为“江苏文艺评论平台建设”的成果,本书立足于江苏地方文化的弘扬与传播,对江苏知名艺术家、江苏地方特色文化、大运河文化和新时代江苏地方文化发展等进行了较为系统的研究。本书着力突出江苏文化大省的特色,从不同角度展现江苏地方文化的独特魅力,在尊重传统文化的基础上,将经济社会发展中不断涌现的现代文化融入其中,充分展示了江苏地方文化中传统与现代并存的独特图景。

文化是一个国家、一个民族的灵魂。文艺是时代前进的号角,最能代表一个时代的风貌,最能引领一个时代的风气。文运同国运相牵,文脉同国脉相连。文化兴国运兴,文化强民族强,没有高度的文化自信,没有文化繁荣兴盛,就没有中华民族伟大复兴。因此,我们只有坚定中国特色社会主义文化发展道路,激发全民族文化创新创造活力,振兴地方文化发展,才能够实现建设社会主义文化强国的伟大目标。

目　录

新时代社会主义文化发展

传统文化的现代发展

当代文化文艺评论

戏曲戏剧评论

新时代社会主义文化发展

新时代中国特色社会主义文化之所以先进，就在于它体现了生产力发展的新要求，符合历史潮流和趋势，符合人类社会发展方向，代表人民群众的根本利益。习近平总书记关于新时代社会主义文化发展的众多重要论述，指明了社会主义文化发展要以马克思主义为指导，坚守中华文化立场，立足当代中国现实，结合当今时代条件，发展面向现代化、面向世界、面向未来的，民族的科学的大众的社会主义文化。在此基础上，本部分将从理论入手，以文化发展的整体性视角来分析当前新时代社会主义文化的各种表现，从而增强主流文化在社会话语体系中的权威性。

◦ 习近平对外文化交流思想述略

对外文化交流思想是习近平新时代中国特色社会主义思想的重要内容,学习和领会其内容和精神,有助于加深理解对外文化交流的理论和提高实践水平。

"守"与"变"相互融合。习近平总书记认为,中华文明延续着我们国家和民族的精神血脉,既需要薪火相传、代代守护,也需要与时俱进、推陈出新。坚持中华传统文化自身的民族特性,以坚实的文化自信开展对外文化工作与弘扬改革创新的时代精神,通过开放学习与相互借鉴激发中华文化创新发展的动力,这两者是相互依存、不可分割的,"只有善于继承才能更好地创新",只有不断革新才能更好地传承。前者强调对外交流中的文化坚守,后者提倡对外交流中的文化创新,两者相互统一,形成了对外文化工作的新认识,从中体现出"守"与"变"相互融合的思想内涵。

“同”与“异”相互结合。习近平总书记坚持各国之间“道并行而不相悖”的处事之道,强调不同文明在发展道路上具有互不抵触的一致性与共性,主张携手推动人类文明共同发展、合作,以推进人类命运共同体建设。与此同时,他主张采用“和而不同”的华夏古老智慧来平等对待、切实尊重每一种文明,在维护文明多样性的基础上促进世界文明的和谐共生。相向而行与和而不同是一体两面的相关联部分,前者偏重文化交流中“同”的一面,后者侧重文化交流中“异”的一面,“同”寓于“异”之中,而“异”又受“同”的制约,求同存异、聚异化同是习近平总书记对外文化交流思想的基本理念。

“内”与“外”相互配合。习近平总书记强调对内通过文化体制改革推动文化产业现代化发展,繁荣国内文化市场,提升国家文化产业实力,推动对外文化贸易,促使文化“走出去”战略的顺利实施。与此同时,他要求对外创新宣传方式,在拓宽对外交流新渠道、构建国际话语新体系、发挥新兴媒体作用等方面下足功夫,从而提升中国文化对外的影响力、传播力与感染力。只有将内外两方面统一起来形成对外文化工作的新方法,即将体制改革与方式创新结合起来促成“内”与“外”的配合从而形成合力,才能提高中国文化的国际竞争力,保证中国在对外交流中始终处于优势地位。

“情”与“利”相互糅合。习近平总书记强调要推动各国民间文化交流,增进与培养人民之间的情感,在文化上产生亲近感从而相互信任,让所有参与文化交流的国家都能获利,进而实现互利互惠、共同发展的最终目标。这就要一方面注重文化交流中的情感增进,另一方面强调文化合作中的利益增长,通过将“情”与“利”两者糅合在一起形成“以情促利”“以利换情”的对外文化工作新思路，提倡“情”与“利”的兼顾兼得、“情”与“利”的平衡共赢，促使推动对外关系发展的“情感柔力”与“利益刚力”两种力量交汇融通，从而形成巨大动力来推进文化“走出去”战略的顺利实施。

（赵晖　南京师范大学）

◦ 习近平文艺论述中的“国际视野”

在近些年的一系列重要讲话中，习近平总书记做了系统、深刻的有关文艺方面的论述。就论述的总体性和理论的指导性来说，这是“新时代中国特色社会主义思想”这块“整钢”的有机组成部分，是继承和发展马克思主义文艺理论的最新成果，是繁荣发展社会主义文艺的精神引领与价值导向。

就视野的广阔性和思维的辩证性而言，新时代文艺论述“笼天地于形内，挫万物于笔端”，既有高屋建瓴的气度和眼界，又有立足现实的审美反思性，并于问题意识和导向中渗透着历史思维、系统思维、战略思维和创新思维。特别是在当前“传统—现代”“全球化—本土化”等热点话题矛盾交织的复杂语境中，“国际视野”是新时代文艺论述始终在场的开放视界、审美之维和精神品质。

一、在人类文明的历史长河中洞察文化艺术的重要价值

在文艺工作座谈会上，习近平总书记开门见山地指出，“为什么要高度重视文艺和文艺工作？这个问题，首先要放在我国和世界发展大势中来审视”。

所谓“发展大势”，即是聚焦中华民族伟大复兴的“中国梦”，我们比历史上任何时期都更接近这个目标，也比历史上任何时期都更有信心、有能力实现这个目标。而实现这个伟大事业需要中华文化繁荣兴盛，需要文艺举精神之旗、立精神支柱、建精神家园。

其之所以如此，是因为“人类社会每一次跃进，人类文明每一次升华，无不伴随着文化的历史性进步”，而作为民族生存和发展的重要力量，文化是一个国家、一个民族的灵魂，“文化兴国运兴，文化强民族强”；作为国民精神所发出的火光，文艺是引导国民精神前途的灯火，“文运同国运相牵，文脉同国脉相连”。广大文艺工作者只有从这样的高度认识文化艺术的地位和作用，认识自己所担负的历史使命和责任，才能不辜负时代召唤，不辜负人民期待，弘扬中国精神、凝聚中国力量。

二、在世界各民族优秀文化的比较借鉴中增强中华文化的生命力和创造力

人类文明是世界各国、各民族共同创造的。和其他民族相比，中华民族具有强大的文化创造力，培育和发展了独具特色、博大精深的中华文化，为中华民族克服困难提供了生生不息的强大精神

支撑。一方面，中华优秀传统文化是中华民族的精神命脉，因此，文艺创作不仅要有当代生活的底蕴，还要有文化传统的血脉，要做到坚守中华文化立场，传承中华文化基因，展现中华审美风范；另一方面，社会主义文艺要繁荣发展，必须认真学习和借鉴世界各国人民创造的优秀文艺，在借鉴的同时进行民族的创造，特别是在当今开放的世界，文学艺术要积极参与国际市场竞争，并在竞争中提高质量和水平，增强竞争力。坚持洋为中用、开拓创新，做到中西合璧、融会贯通，这也是增强社会主义文艺生命力的必然路径和方法。

三、在中华文化的创造性转换、创新性发展中强化文化自信的历史必然性

在中国文联十大、中国作协九大开幕式上的讲话中，习近平总书记希望广大文艺工作者要“坚定文化自信，用文艺振奋民族精神”。历史和实践表明，在“四个自信”中，文化自信是更基础、更广泛、更深厚的自信，是更基本、更深沉、更持久的力量。

无疑，中华文化延续着中华民族的精神血脉，中华文化独一无二的理念、智慧、气度、神韵等增添了中华民族内心深处的自信和自豪，但传承中华文化绝不是简单复古，也不是盲目排外，而是在薪火相传、代代守护中辩证取舍、与时俱进、推陈出新，特别是要使中华民族最基本的文化基因同当代中国文化相适应、同现代社会相协调，弘扬跨越时空、超越国界、富有永恒魅力、具有当代价值的文化精神，激活其内在的强大生命力，让中华文化同各国人民创造的多彩文化一起，

为人类提供正确的精神指引。

四、在中国精神的生气灌注中展望中国特色社会主义文艺繁荣发展的前景

就当代中国文艺来说，身处“传统—现代”“全球化—本土化”等话语多元、矛盾交织的复杂语境，其之所以引以为时代前进的号角、社会进步的力量，是因为它根植于中国特色社会主义现代化实践的现实土壤，并依此总体价值而确立其鲜明的性质、内涵和意义。

和西方的现代化、现代性相比，1949 年后特别是改革开放以来的社会主义现代化建设实践，一种由“中国特色”的经济、政治、文化、社会、生态文明建设而搭建起来的“中国现代性”(Chinese Modernity)已展现在历史的舞台上；与之相应，在“道路自信、理论自信、制度自信、文化自信”所奠定的思想文化新生态中，当代中国文艺也形成了有别于西方的审美现代性(Aesthetic Modernity)。在这种“中国语境”与“国际环境”视阈融合的意义上，只有扎根中国本土，积极培育和弘扬社会主义核心价值观，文艺才能接住地气、增加底气、灌注生气，并在世界文化激荡中站稳脚跟。在博大精深的新时代文艺思想中，所谓“国际视野”，即是心怀寰宇、澄明慧辨的气度和眼界，是孟子“登东山而小鲁，登泰山而小天下”，是杜甫“会当凌绝顶，一览众山小”的气象和境界。

新时代文艺思想的“国际视野”所蕴含的深刻意义启示我们：促进中国特色社会主义文艺繁荣发展，要“坚持不忘本来、吸收外来、面

向未来，在继承中转化，在学习中超越，创作更多体现中华文化精髓、反映中国人审美追求、传播当代中国价值观念、又符合世界进步潮流的优秀作品，让我国文艺以鲜明的中国特色、中国风格、中国气派屹立于世”。

（彭文祥　中国传媒大学）

◦ 不忘艺术初心

与一些朋友交流，询问大家的近况，谈到最多的一个字是“忙”！

大家似乎都在匆匆忙忙中度过每一天，匆匆忙忙上班下班，匆匆忙忙赚钱花钱，匆匆忙忙出行聚会，匆匆忙忙发微信、分享朋友圈……科技日益进步，信息高速发展，飞机高铁方便了出行，电话微信替代了纸笔信函，人们恐怕再也无法体会“家书抵万金”的心境了。甚至连艺术创作也变得匆忙起来，艺术家匆匆忙忙书画，匆匆忙忙出书办展，匆匆忙忙剪彩研讨……

“忙”不是坏事，但如果“忙”成了“迷茫”“盲目”“鲁莽”甚至“群氓”就大大不妙了。

艺术家再“忙”也不能“忘”，不能忘掉自己的艺术初心！

艺术是时代的风向标，可以间接地反映时代风气、时代精神。艺术创作需要笃定恒心、倾注心血。如果艺术家不守住自己的内心,随波逐流,如何能够创作出感人的作品?试想,如果曹雪芹不是经过“批阅十载,增删五次”,又怎能创作出《红楼梦》这样伟大的作品?刘海粟先生如果不是先后十次赴黄山写生,又如何能够描绘出黄山雄壮奇秀的面貌?还有斩获第十一届中国艺术节文华大奖的淮剧《小镇》,如果没有经过二十多次剧本修改,四次全剧大规模调整,如何能够不断走向完美,走向“高峰”?

如果单纯地为了眼前的市场效益或功名回报而急功近利,粗制滥造,既是对自己的不负责任,更是对艺术精神的亵渎。

“不忘初心,方得始终。”初心是曾经的承诺,是自己的梦想,是职业的操守,更是崇高的理想。

艺途漫漫,坚持自己的初心,才能驱使我们不断前进。木心先生曾说:“我发现很多人的失落,是忘却了、违背了自己少年时的立志,自认为练达,自认为精明。从前多幼稚,总算看透了,想穿了——就此变成自己少年时最憎恶的那种人。”其实,练达、精明都非过错,只要能保持一颗干净的心,一往无前地沿着自己内心的道路前进,荆棘总会斩断,风雨迟早过去,阳光终会出现!

初心为何?诚如千古贤相诸葛亮所言,非淡泊无以明志,非宁静无以致远。它是一种能够穿透岁月沧桑、直指本来面目的力量。初心为何?又诚如唐代诗豪刘禹锡所说,斯是陋室,惟吾德馨。孔子云,何陋之有?它是一种威武不能屈、富贵不能淫、贫贱不能移的志向。

志之所趋，无远勿届。穷山复海，不能限也。志之所向，无坚不入。锐兵固甲，不能御也。

不忘初心，是艺术工作者不断前进的永恒动力、不竭源泉。

（贾明哲　江苏省文化艺术研究院）

◦ 充分发挥新时代党内政治文化的引领作用

中国共产党党内政治文化是社会主义文化的核心组成部分，它不仅决定社会主义文化的性质、内容和发展方向，而且主导社会主义制度建设，指导社会主义社会组织和个人的行为塑造。

中国共产党的先锋队性质决定了党内政治文化的引领性。新时代在实现中华民族伟大复兴的征程中，必须依靠中国共产党党内政治文化的引领，充分发挥其核心价值导向、根本精神支撑、重要激励约束和凝聚人心力量的指导作用。

以“四个自信”引领人民牢固确立中国特色社会主义理想信念。中国特色社会主义是中国共产党人信仰共产主义的中国理论、道路、制度和文化，是中国共产党探索共产党执政规律、社会主义建设规律和人类社会发展规律的理论结晶，对社会主义建设具有科学的指导作用。要通过对中国特色社会主义的理想追求，运用理论宣传、行为感染、形象塑造等，影响和带动广大人民群众，使之成为全体人民的理想追求，使他们坚信只有坚持和发展中国特色社会主义才能实现中华民族的伟大复兴。

以“四个意识”带动民众对社会主义的高度政治认同。在新时代，党中央将“四个意识”贯穿党内文化建设的全过程，强调全党必须牢固树立政治意识、大局意识、核心意识和看齐意识，自觉在思想上政治上行动上同党中央保持高度一致。坚持“四个意识”要求通过广大党员的言传身教、行为示范，引导广大民众牢固确立对中国共产党和中国特色社会主义制度的高度认同，拥护党的基本路线和方针政策，坚持政治原则，站稳政治立场，自觉服从大局，坚决维护大局，切实维护党中央的集中统一领导，紧密团结在以习近平同志为核心的党中央周围，坚定维护党中央权威，坚决贯彻执行党的各项政策决定。

以改革创新的精神推动中华民族的伟大复兴。自20世纪70年代末以来，中国共产党人解放思想，实事求是，对传统的社会主义体制进行改革，在改革开放的伟大实践中形成了改革创新的时代精神。在新时代，改革进入攻坚期和深水区，从外围战进入攻坚战，必须发扬光大改革创新的精神，自强不息、砥砺奋进。

一方面，进一步打破教条主义和各种传统落后思想的束缚，不断解放思想，积极开展理论创新；另一方面，通过实施全面深化改革的新战略，既要统筹经济、政治、社会、文化和生态文明五大领域的改革，又要敢于“啃硬骨头”，敢于“涉险滩”，坚决破除一切顽瘴痼疾，努力冲破利益固化的藩篱，着力消除传统体制的根本性障碍，解放和发展生产力,决胜全面建成小康社会,建设社会主义现代化强国。

以"三严三实"的党风促进形成良好的政风和社会风气。新时代党中央提出全面从严治党,要求领导干部严以修身、严以用权、严以律己,谋事要实、创业要实、做人要实。"三严三实"是领导干部修身做人的重要指导,严以用权、忠诚干事的基本遵循,有利于以上率下,以小见大,对政风和社会风气激浊扬清,荡涤净化,推动严明、实干、清正、廉洁的良好政风的形成,促进诚实、正派、纯洁、高尚的良好社会风气的形成。

以公道正派的选人用人理念推进社会公正。新时代党中央把公道正派作为干部工作的核心理念,贯穿选人用人全过程,做到公道对待干部、公平评价干部、公正使用干部。坚持用好干部标准选用干部。这不但能够防范和纠正选人用人的不正之风,而且能够努力消除社会生活中的"关系风""人情风""后门风"等,引导全社会以事业为上、任人唯贤,以"公"为"道",以"正"为"派",在社会生活中坚持公道处事、公平待人的原则,弘扬奋发努力、积极向上的社会新风尚。

以制度为本的治党理念推进法治建设。党的十八大以来,以习近平同志为核心的党中央坚持依法依规治党,与时俱进深化党的制度建设,不断把管党治党创新成果固化为法规制度,先后组织制定修改九十多部党内法规,初步形成了以党章为根本,以民主集中制为核心,以准则、条例等党内法规为主干的党内法规制度体系。

制度治党的功效扩展到国家社会就是依法治国,通过党领导立法、保证执法、支持司法、带头守法,增强全民法治观念,强化规则意识、契约精神和公序良俗,消除信权不信法、信管不信法、信访不信法、信钱不信法的错误认识，进一步确立法律至上的理念。同时，在行为方式上做到法律面前人人平等，中国共产党和其他政党以及社会团体都必须在宪法和法律范围内活动，在全社会努力实现科学立法、严格执法、公正司法、全民守法。

（王立新　南京师范大学）

◦ 浅论中国共产党的两种基本文化形态

在社会结构中，相比于社会经济结构和社会政治结构，社会文化结构更具深层性，更富民族性，是一个国家和民族的“灵魂”。著名法国历史学家费尔南·布罗代尔（Fernand Braudel）曾言，一个“国家”就像一条船，在漫无边际几乎静止不动的水面上航行，那水面便是“悠久的历史”。葛兆光教授进一步讲道，这水面虽然看似波澜不惊，没有政治史、军事史那样大开大合的场面，但是它的下面却是水草、鱼虾、暗礁、潜流，甚至有漩涡，一样变化万端。更重要的是，这条看似平静的文化史河流，托起的却是“国家”这条大船。领导人民建立中华人民共和国的中国共产党在近百年发展历程中，在文化观念上形成了两种基本文化形态：新民主主义革命文化和中国特色社会主义文化，两者共同影响着国家文化的特质。

一、新民主主义革命文化

众多的研究表明,文化与国家、民族的形成和发展是相互作用的过程,文化也决定着一个国家和民族的特质。对于 20 世纪上半叶的中国来说,再也没有比“革命”一词可以更为贴切地描绘其时代特征的了。伴随着革命浪潮,中国发生了深刻的变化,可以说是革命影响了近代中国。近代中国的经济、政治、文化以及社会,都有着深深的“革命”烙印。中国共产党在革命历史进程中形成了新民主主义革命文化,新民主主义革命文化同时又影响了中国共产党的革命形式和样貌。

新民主主义革命文化的建立并非一蹴而就。中国共产党的创建人之一张申府在 1927 年撰文提出“革命的文化既非中国旧文化,也非近来流传的所谓新文化。可说乃是一种第三文化”。革命文化的特性“应是动的,应是向前的”“客观的”“民众的”以及“世界的”。1936—1937 年张申府与陈伯达、艾思奇等人共同发起了新启蒙运动,主张新启蒙运动的文化运动应该是“民主的、大众的”“带有民族性的”。全面抗战爆发后,陈伯达和艾思奇到了延安,参与了新民主主义理论的建构,对后来以毛泽东为代表的中国共产党人提出新民主主义革命文化即“民族的、科学的、大众的文化”有着直接影响。

中国共产党所倡导的新民主主义革命文化可以说是当时革命文化的典型代表,这种文化的革命性是相较于此前的其他文化的性质而言的,即民族的、科学的、大众的相较于帝国主义的、奴化的、封建的、愚昧的、专制的文化,具有革命性,充满了革命意蕴。在中国共产党领导的共产主义革命历程中,新民主主义革命文化提供了相应的理论指导、精神支持,也塑造了中国共产党颇具革命色彩和风格的话语体系与思维方式。

二、中国特色社会主义文化

由于社会主义建设和改革开放事业的开启,由于经济建设和社会发展的需要,因而在文化领域需要一种更为适应的、相匹配的文化形态,中国共产党的革命文化开始转变形态,对中国特色社会主义文化的探索便应时而起。

此时所需的文化特质是“有利于现代化建设和改革开放的理论指导、舆论力量、价值观念、文化条件和社会环境”,其作用和目的是“克服小生产的狭隘眼界和保守习气,抵制封建主义和资本主义的腐朽思想,振奋起全国各族人民献身于现代化事业的巨大热情和创造精神”。

在改革开放的实践中,中国特色社会主义文化不断得到发展、充实和完善。中国共产党进一步提出要发展的文化“就是发展面向现代化、面向世界、面向未来的,民族的科学的大众的社会主义文化”。时至今日,中国特色社会主义文化在改革开放的历史进程中完成了基本的理论建构,其来源吸收和结合了中华优秀传统文化、中国共产党革命文化和社会主义先进文化,本质是“以马克思主义为指导,坚守中华文化立场,立足当代中国现实,结合当今时代条件,发展面向现代化、面向世界、面向未来的,民族的科学的大众的社会主义文化”,这也构成了中国共产党所倡导的文化自信之基础。

新民主主义革命文化和中国特色社会主义文化是中国共产党在不同的历史时期所倡导的主流文化的两种形态。就二者关系来讲，新民主主义革命文化与中国特色社会主义文化是一脉相承、辩证统一的。可以说，新民主主义革命文化本身在所处的历史情景中就是一种蕴含着时代对“社会主义”认知与理解的文化，代表着时代的潮流，以及中国历史文化发展的主导性趋势；而中国特色社会主义文化在价值立场、价值取向、价值诉求等方面一定程度上体现着“革命性”，显示着其历史根源。

（李甜甜、郭向阔　南京师范大学）

○ 弘扬江苏地方文化，倾力打造文化强省

江苏既是一个经济大省，更是一个文化强省。江苏历史上地方文化丰富，文脉久远，主要包括楚汉文化、淮扬文化、金陵文化和吴文化等。无论是楚汉文化的豪放壮美，吴文化的感性细腻，还是淮扬文化的日用实在，或者金陵文化的豁达大气，均各有特色，各具风采，体现了江苏文化的源远流长、博大精深。因此，积极弘扬江苏地方文化，发挥江苏地缘文化优势，打造文化强省，建设“精彩江苏”，是江苏人义不容辞的职责和使命。

地方文化既包括戏曲文化、茶文化、饮食文化，又包括建筑文化、雕塑文化、书画文化、服饰文化、器具文化等；既有软文化、隐文化，又有硬文化、显文化。弘扬地方文化，要做到“软硬兼施”“显隐互现”，整体推进。具体来说，弘扬江苏地方文化，应着力做好两方面工作。

一是做好地方文化的挖掘、整理、甄别等研究工作，力求做到取其精华、去其糟粕，真正发挥地方文化在当代社会中的积极作用。目前在江苏地方文化研究方面既有专门的研究机构，如汉文化研究院、淮扬文化研究中心、吴文化研究所等，又有推介地方文化的系列著作如《楚汉文化概观》《淮扬文化概观》《金陵文化概观》和《吴文化概观》等。此外，在一些地方高校还开设了“楚汉文化”“吴文化”等课程，一些杂志开设了专门的地方文化专栏，发表了一系列有关地方文化的文章，在传承和弘扬地方文化方面做出了积极贡献。今后还应进一步挖掘地方文化的精神内涵，加强相关性及外延性研究，扩大地方文化的影响力，提升地方文化的穿透力。

二是做好地方文化的宣传、普及、引导等应用工作。应结合地方文化特点，有效利用地方文化资源，使地方文化发扬光大，更好地融入现代社会。不仅要发挥好地方文化在促进当地经济发展、维护地方和谐稳定等方面的作用，更要发挥好地方文化在塑造健康人格、振奋精神方面的作用。既要立足于本地文化，又要加强地区间文化的协作与交流；既要体现地方特色，又要注重外延拓展；既要积极打造地方文化品牌，又要防止地方保护主义。

总之，厘清江苏地方文化发展脉络，大力弘扬江苏地方文化，既是新时期江苏人精神建设的需要，也是江苏社会全面发展的需要。增强文化自信，保护好、利用好地方文化，才能为江苏文化强省战略推波助澜，提供助力。

（徐强　南京师范大学）

◦ 守护文化边界，锻造文化自信

当今社会，资本向社会各领域的全面拓殖已成不争的事实，它在为人类带来幸福与便利的同时，其内含的扩张逻辑也显而易见。文化作为不同国家和民族身份象征的标识码，有其特定的活动范围和存在空间，即有边界。面对资本逻辑的扩张这一客观事实，对文化边界的守护时不我待。两者既不是绝对对立，也并非分庭抗礼，唯有正确处理两者间的多重关系，才能走出一条和谐的发展之道。

一、守护文化边界

(一) 在文化样态上处理好“一”与“多”的关系

这里“一”与“多”的关系主要包括两方面内容。

一是要处理好一元指导与多元文化的关系。任何社会中，国家层面的指导思想、理想信念、意识形态都应当是一元的、一致的，这是社会团结、国家稳定的文化保障，同时，在全球化时代，市场经济的发展、社会结构的变迁导致文化的多元成为历史发展必然。中国特色社会主义文化建设就要正确处理这两者间的关系，要用马克思主义思想指导和协调多元的文化形态，使社会的各种文化形态都能够朝着正确的方向发展。

二是要处理好核心价值与外围价值的关系。社会中不同主体由于不同经济利益关系、不同社会地位结构、不同的文化价值需要，使得价值多元成为常态。但这些看似“杂乱无章”“人人相异”的价值观背后，一定有居于统治地位的核心价值观的决定和支配。这就要求在现实生活中，用一元思想指导和引领多元文化，以核心价值整合和规范外围价值，即用一元化的指导思想提升多元文化的品质，消除多元文化中某些落后变异的思想因素，以核心价值来统引外围价值的导向，消除外围价值中某些偏离人类文化本质的泛化俗化。

同时，要防止在“以一导多”中出现“唯意识形态化”和“去意识形态化”的固化思维，应在“以一导多”的张力中，在“以核统外”的互动中，保持其各自的边界，在对话与协商中实现思想上的高度统一、文化上的高度自觉，走出一条“和而不同、互相补充”的文化发展之路。

（二）在文化建设上处理好“根”与“叶”的关系

树有根，方有木，非根，何以成木，固根正向，方有百尺良木。如果说传统文化是“根”，那外来文化可以看作“叶”。世界上不同国家、不同地区、不同民族都创造了异彩纷呈的文化,其优秀之处都是中国特色社会主义文化建设的重要养料。改革开放以来,中国以博大的胸怀广泛吸收和借鉴了各类思想文化成果,但在一定程度上呈现出“鱼龙混杂”的文化吸纳,而这背后不免带有资本利用社会思潮、商品输出、信息技术等手段扩张的痕迹。

国人在多元文化的“景观社会”中,不同程度地出现了“迷茫”“眩晕”的文化焦虑,这就要求我们必须处理好引进与借鉴的关系,从而守护好传统文化的边界,防止文化上的“复古主义”,守护好外来文化的边界,防止文化上的“西化主义”。在中国特色主义文化建设中,力求中西合璧、优势互补、和而不同、与时俱进,实现文化的根固叶茂,让文化成为人类进步的“助推器”。

(三) 在文化创新上处理好“快”与“慢”的关系

资本的出现大大加快了历史前进的步伐,人类从未经历过如此快速、多变的物质世界,“快”也从未创造出如此多的期待、欲望和执念。以娱乐为特点的享乐文化、以时尚为特点的消费文化、以复制为特点的大众文化,这背后是资本逻辑的使然,资本既承载着巨大的愿景,也承载着可怕的危机。无论是文化实践上的功利主义,还是文化思想上的拿来主义,浮躁实际,伤害的是文化的生态样貌和社会的精神面貌。

“快”节奏的生活并没有给人们带来精神上的愉悦和文化上的享受,在现实生活中,生活节奏的加快使得人们开始对“慢”有了更多的回味。在浮躁的氛围中,急功近利者有之,竭泽而渔者有之,粗制滥造者有之,沽名钓誉者有之。面对市场经济大潮,面对网络世界的洪流,如果失去了文化的定力,泯灭了文化的追求,就不可能创作出有思想、有力度、有生命的传世佳品。如果不向追名逐利说“不”、不向吹捧浮夸说“不”、不向低俗媚俗说“不”,那么如何能让一个泱泱大国魂有所定、行有所归? 因此,社会主义文化建设必须处理好进程中“快”与“慢”的关系,既要在开放的环境中开拓创新、赢得赞誉,又要坚持以人民为中心,彰显人民情怀,不让其在“为什么人”的问题上发生偏差。

文化大到无边无界,小到穿衣吃饭,自今及古,其名不去。文化的边界在多种因素的影响之下不断发生着变化,当前中国特色社会主义文化建设的关键在于,能够在全球化时代,面对资本的扩张、逐利、求快,坚定文化自信,保持文化自觉,增强主动性、掌握主动权、打好主动仗。面对是非不分、善恶不辨的文化论调,要敢于发声;面对搜奇猎艳、低级趣味的文化庸俗,要敢于亮剑;面对粗制滥造、追逐金钱的文化垃圾,要敢于抓管,划清是非、善恶、雅俗的文化界限,以保文化发展空间天朗气清。

二、锻造文化自信

文化代表着一个社会的智慧,一个国家的形象,一个民族的力量,承担着直面现实、创造理想、熔铸灵魂、实现梦想的重任。在全球文化交融日益加深的今天,打造中国的文化名片,树立中国的文化形象,提升中国的文化自信意义重大。

(一) 强体:奠定文化自信的坚实基础

大国崛起的根本,在于能够在发展过程中实现具有社会历史意义的转变,并为人类未来的发展提供世界性示范意义。因此,大国的崛起是以经济、政治、文化为核心内容的综合体的崛起,并昭示着人类未来的发展方向。中华民族文化自信基础的奠定离不开对中国特色社会主义道路、理论、制度的坚持与发展,但也更需要中华文化自身的创新与进步。一要坚持不忘本来,善于挖掘中国社会历史和现实中蕴含的优秀文化和先进文化,做到既薪火相传、代代守护,又与时俱进、勇于创新。二要坚持吸收外来,秉持文明是多彩、平等、包容的正确态度和基本原则,推动不同文明相互尊重、和谐共处。三要坚持面向未来,以全球视野和现代史观审视世界文明,从不同文明中寻求智慧、汲取营养,为人们提供精神支撑和心灵慰藉,携手解决人类共同面临的各种挑战。只有内外兼修、软硬兼得,才能夯实文化自信的根基。

(二) 铸魂:构建中华文化的精神命脉

当前,各种文化思潮在全球化的世界中激荡交织,西方发达国家具有不同程度的文化霸权主义和文化殖民主义倾向,影响着其他民族和国家的文化主权和赖以生存的精神支柱与文化纽带。在此境遇下,培育和践行社会主义核心价值观,弘扬民族精神和时代精神成为中华民族应对西方文化渗透的有力武器。文化自信的提升要牢牢抓住核心价值观建设这个支点,积极培育和大力弘扬社会主义核心价值观,将其融入社会生活的各个方面,使其成为人们日常生活的基本遵循,不断增强人民的文化认同感、参与感、获得感,进而为坚定文化自信确立强劲的价值主轴。

(三)守界:守住中华文化的民族边界

在人类历史发展的长河中,不同的民族和国家创造了多姿多彩的文明,不同的文明因其独特性形成了自己的文化圈。守住中华文化的民族边界就是要守护好中华民族"在五千多年文明发展中孕育的中华优秀传统文化,在党和人民伟大斗争中孕育的革命文化和社会主义先进文化",因为,这些文化"积淀着中华民族最深层的精神追求,代表着中华民族独特的精神标识"。在全球化浪潮中,中华民族需强化自己的主体文化,铸造民族的精神灵魂,守护自己的文化疆域,既不走闭关锁国的文化老路,也不走迷失自我的文化邪路,而是坚定不移地走中国特色社会主义文化强国之路,在继承优秀传统文化的基础上,汲取世界先进文化的优秀成果,创新发展社会主义文化,推动中华文化走向世界。

(四)发声:增强中华文化的话语力量

文化自信不只表现为对内的一种文化态度,更表现在对世界文化乃至人类文明发展的贡献度。习近平总书记明确提出,要创新对外宣传方式,着力打造融通中外的新概念新范畴新表述,讲述好中国故事,传播好中国声音。这就要求我们在对中华文化充满自信的同时,能够创造出既彰显中国特色又凝聚世界共识的话语表达,既把全世界最为关心的问题凸显出来,又以共同的命运为纽带扩大各国的利益交汇点,让中国为世界提供超越民族、国家和意识形态的"中国智慧"。

在全球文化交融背景下提升文化自信是一项综合性的系统工程,是一个着眼于未来的战略工程。只有确立、保持和坚定文化自信,才能在国际国内形势的深刻转变中汇聚民智、聚合民气、守护民魂,为中华民族的伟大复兴提供强大的精神动力和价值支撑,才能在全球文化交融中为世界文明提供丰富的营养和充沛的智慧,携手解决人类共同面临的各种挑战。

(刘旺旺　南京师范大学)

◦ 以社会主义核心价值观引领中国民主政治发展

经过几代先进中国人的不断探索,我们已经开辟出一条符合中国历史与国情的社会主义民主政治发展道路,中国的民主政治建设取得了辉煌成就,呈现出勃勃生机,这与世界范围内“西式民主的失灵”“发展中国家转型民主的失败”等困境形成鲜明反差。中国民主政治发展最主要的成功经验就是坚持正确的价值观引领,随着中国特色社会主义进入新时代,我国民主政治发展面临着新环境、新要求、新路向与新目标,不仅需要继续坚持社会主义核心价值观对民主政治发展的引领地位,而且还需要不断开拓创新,与时俱进,进一步充分发挥其引领作用。

一、价值内涵与逻辑基础

一是要深刻把握社会主义核心价值观引领中国民主政治发展的

历史逻辑。中国特色社会主义民主政治道路是共产党领导革命、建设、改革的伟大成果,在正确的价值观的引领下,中国民主政治发展不断迈向现代化。自中华人民共和国成立以来,中国共产党对社会主义核心价值观的认识与探索不断深化,在实践中不断演进,从“为人民服务”到“发展才是硬道理”,再到“人的全面发展”,接着到“以人为本”,这些不同时期的社会主义价值观,都为引领和构建中国特色社会主义民主政治提供了价值遵循。党的十八大首次提出以“三个倡导”为基本内容的社会主义核心价值观,这与中国特色社会主义民主政治发展要求高度契合,这些社会主义价值观在引领中国民主政治发展方面不断发挥着建设性作用。

二是要深刻把握社会主义核心价值观引领中国民主政治发展的理论逻辑。理论是实践的先导和行动的指南,在一般民主理论中,民主是通过公民对社会核心价值的追求来体现的,民主政治发展也需要核心价值来引领。林尚立先生认为核心价值构成了民主建设的精神基础,而民主的实践在原则上也都是围绕着核心价值的实现来展开的。另外,在中国民主发展的具体情境中,社会主义核心价值观与中国民主政治制度建设之间紧密相连,社会主义核心价值观是中国民主政治的观念基础与思想保障,丰富了民主政治建设的内容,引领了社会主义民主政治建设的道路,为进一步推动社会主义民主政治发展奠定坚实的思想基础,提供强大的精神动力。

三是要深刻把握社会主义核心价值观引领中国民主政治发展的实践逻辑。社会主义核心价值观不仅仅是对政治意识形态的价值概括,也是对中国民主政治发展规律和实践的总结,从而能够有效地引领中国民主政治发展。党的十八大以来，中国的民主政治制度不断健全，民主意识和民主观念更深入人心，社会主义民主政治思想与理论不断完善，民主政治实践在创新中发展，这些进步在很大程度上源于社会主义核心价值观不断融入且引领民主政治建设。正是得益于社会主义核心价值观的引领，我国社会主义民主政治制度的优势和特点得以充分发挥，才能凝聚全体人民的理想信念、价值理念、道德观念，为实现中华民族伟大复兴的中国梦努力奋斗。

二、时代机遇与引领路向

党的十九大标示着中国特色社会主义进入了新时代，新时代对民主政治建设也提出了新要求和新目标，习近平新时代中国特色社会主义思想成为推进中国民主政治发展的根本遵循。新时代下中国民主政治发展面临着艰巨的任务，需要继续发挥社会主义核心价值观的引领作用。目前社会主义核心价值观在引领中国民主政治发展的已有制度、渠道和措施方面虽然发挥了较好的作用，但是还存在着战略性不强、法治化不足、大众化不够等问题。因此，面对新环境、新要求，要明确新路向与新目标，紧紧抓住新时代的历史方位和社会场域为社会主义核心价值观引领中国民主政治发展提供的历史机遇。

一是明晰社会主义核心价值观引领中国民主政治发展的路向。“坚持党的领导、人民当家作主、依法治国有机统一”是社会主义民主政治发展的必然要求，也为社会主义核心价值观的引领工程指明了实施路径。(1) 引领完善党内民主，促进党的民主执政能力的提升，巩固中国共产党的执政地位；(2) 引领制度建设，扩大公民有序政治参与，发扬社会民主，保障人民群众当家作主的权利，更为真实地体现社会主义民主本质；(3) 引领法治建设，推动依法治国战略的深入开展，为中国的民主发展奠定基本框架，塑造稳定的秩序。

二是通过信念引领、思想引领、制度引领、法规引领等方式践行引领的具体内容，实现引领的生活化、常态化、制度化、法治化，做到引领"入心""入规""入法"。(1) 引领民主政治理论的创新，完善中国的民主理论话语体系，增强其向心力与感召力；(2) 将社会主义核心价值观融入党内民主生活，推进党内民主建设，增强党的团结与统一，进而带动人民民主的发展；(3) 引领社会民主和基层民主的发展，营造民主政治发展的良好社会环境，培养公民的民主政治素养；(4) 引领完善我国的基本民主制度，即完善以党内民主为主要标志的党的各项民主制度、以选举民主为主要标志的人民代表大会制度、以协商民主为主要标志的政治协商制度、以直接选举为主要标志的基层民主制度；(5) 推动社会主义核心价值观全面融入中国特色社会主义法律体系和法治实践，在立法、司法、执法等环节体现社会主义核心价值观的导向，将社会主义核心价值观对中国民主政治发展的引领纳入法治建设，进一步推动社会主义民主政治的法治化进程。

三、中国智慧与世界意义

站在世界政治文明进步的高度，用世界眼光来审视社会主义核心价值观引领中国民主政治发展，不仅体现了中国智慧，更蕴含着世界意义。世界政治现代化的历程告诉我们，只有在正确价值观的引领下，民主政治道路才能行稳致远。世界范围内的"西式民主"之所以失灵、“发展中国家转型民主”之所以失败归根结底都与其价值观的偏颇或错误导向有密切关系。而在世界的东方，中国选择了“坚持党的领导、人民当家作主、依法治国有机统一”的民主政治发展道路，形成了中国特色的民主政治制度、民主政治理论、民主政治文化和民主话语体系，推动社会主义民主政治不断发展。中国民主政治发展之所以独树一帜，不断体现出强大的生命力和巨大的优越性，为经济发展和国家强盛提供强大的政治保障，归根结底也恰恰就是因为其有社会主义核心价值观的引领。

科学的民主制度和卓越的价值理念是中国民主政治建设道路的基石，是中国民主政治发展取得伟大成就的秘诀，从中提炼出的社会主义核心价值观引领民主政治发展的优秀经验可以帮助世界上广大的发展中国家探索出一条符合本国国情的民主政治发展道路。新时代，我们要借助“一带一路”倡议和构建人类命运共同体带来的新契机，在世界范围内积极传播和弘扬社会主义核心价值观引领民主政治发展的“中国精神”与“中国经验”，展示更多关于社会主义核心价值观引领民主政治发展的“中国价值”，在全球范围内，特别是为广大发展中国家提供民主政治发展道路的“中国选择”，让“中国智慧”惠及全世界，为世界政治文明的进步发挥“中国作用”。

（曹帅　南京师范大学）

致敬小人物：中国精神汇聚新时代发展的磅礴力量

2019 年 10 月 1 日是中华人民共和国 70 周岁生日，华夏大地到处徜徉在欢乐的氛围中。9 月 30 日上映的国庆献礼电影《我和我的祖国》为祖国的 70 华诞提前献上了一份视听祝福，上映两天票房就已经突破 8 亿。电影《我和我的祖国》以几个小人物为视角讲述典型故事，侧面回顾了中华人民共和国成立至今发生的几件关键的转折要事，每个部分由不同年龄的中国知名导演拍摄，拍摄视角、叙事风格、人物性格各有不同。通过电影，我们能够看到中国今天的繁荣富强与一个又一个鲜活的小人物是分不开的。

一、小人物的故事唤起集体记忆

电影《我和我的祖国》由七个不同年代的小故事组成，其中“前夜”部分、“相遇”部分以及“回归”部分故事情节简单，人物形象质朴。

“前夜”部分中林治远为了保证1949年开国大典升国旗仪式的顺利进行，在最后几个小时争分夺秒排除障碍。“相遇”部分中高远身为国家原子弹研究中心的一名研究人员，为原子弹的研制工作放弃了爱情，最后当中国第一颗原子弹研制成功而举国欢庆之时，高远也兴奋不已，最终将自己的生命献给了中国科研事业。“回归”部分中朱涛身为升旗手，为了保证在香港回归的神圣时刻，准时顺利地将五星红旗升起，他不断地反复练习，最终在1997年7月1日0时0分准时准点让五星红旗在香港上空升起。习近平总书记说：“人民是真正的英雄。”这样的小人物是时代英雄，通过小人物的故事表现出中国人在身处发展的历史节点时的激动兴奋，进而唤起中国广大人民的集体记忆，由集体记忆升华集体情感，增强每个中国人的国家自豪感和民族凝聚力。

二、中国精神展示发展力量

新时代是人类共同奋进的时代，几乎每个人都在追求“进”，将其看作一种积极的状态和拼搏的目标。但殊不知中国的传统精神中的“让”字是一种更高的内在修为，是一种更加深刻而隽永的新时期的强大力量。在电影《我和我的祖国》中，“夺冠”“北京你好”“白昼流星”以及“护航”部分里的主人公将中国传统精神“让”在现代的中国进行了延续和发扬，让观众看后产生一种由内而外的敬意。

在电影《我和我的祖国》中，陈东为了保证大家观看中国女排奥运会决赛的顺畅，牺牲了和好友小美见面的最后机会，却见证了中国女排夺得世界冠军的激动时刻。出租汽车司机老张将仅有的一张来之不易的北京奥运会门票送给了一个外地小朋友,展现了助人为乐的中华美德,同时也见证了北京奥运的盛景。退休干部老李用实际行动挽救了两个失足少年,同时也让两人见证了中国航天事业的飞速发展,增强了他们的民族自信心。女飞行员吕潇然在试飞过程中帮助战友解决了故障,保障了飞行任务的顺利进行,同时在阅兵式上见证了中国强大的国防实力。一个个鲜活的小人物是新时代的创造者,也是新中国的见证人。

三、我们努力创造,我们共同见证

从电影中走出来,回到我们的现实生活。2019 年的国庆阅兵无论从人数、规模等方面都空前盛大,其中的“致敬”方阵尤其让人动容。一曲红旗颂奏响,“致敬”方阵缓缓走向天安门城楼。300 余位礼宾人员中,老一辈军队英模百余人,他们为中华人民共和国的成立付出了毕生的心血,历经了岁月的洗礼,在祖国 70 华诞的时刻,他们又见证了今日的辉煌。“致敬”的含义是什么呢?我认为首先应该向中国共产党致敬,1921 年在一只小舟上诞生的一个组织,凭着一个坚定的信仰,引领着中国由旧到新的转变。其次应该向老一辈无产阶级革命者致敬,他们在那样一个饥寒交迫、浴血奋战的年代,靠着一个坚定的信念实现了民族的独立和国家的富强,他们是新中国的开创者。最后应该向中国的广大人民致敬,身处独立、自主、民主、富强的国度,勤劳智慧的中国人民并没有安于现状,而是以更加努力的姿态在新时代中奋进,共同见证着这个时代的发展。

“我和我的祖国,一刻也不能分割;无论我走到哪里,都流出一首赞歌……”在今天，回望走过的历史，无数鲜活的小人物让我们记忆犹新。他们并不鹤立鸡群，但却将祖国的历史性时刻装点得更加色彩斑斓。今天我们向他们致敬，是因为他们将内在的中国精神转化为一种外在的力量，为了中国领土的完整，为了中华儿女的团结，共同为一个“和”字而奋斗。“时代英雄”的称号他们当之无愧，他们是耕种的亲历者，也是收获的见证人。新时代的小人物是一群甘于默默付出的劳动者，一幅由小人物组成的时代画卷正在慢慢打开……

（刘长宇　四川文理学院）

传统文化的现代发展

习近平总书记在党的十九大报告中明确指出，中国特色社会主义文化，源自于中华民族五千多年文明历史所孕育的中华优秀传统文化，熔铸于党领导人民在革命、建设、改革中创造的革命文化和社会主义先进文化，植根于中国特色社会主义伟大实践。所以，坚持和发展中国传统文化是社会主义文化建设的重要任务。但是，对丁传统文化的坚持与发展需要放置于当今国家治理现代化的视阈下来进行，使传统文化具有更强的现代生命力，为中华文化复兴和繁荣做出新时代的贡献。

◦ 传统诗词在当下的生命力

传统诗词是流淌在每个华夏儿女血脉中和埋藏在他们心灵深处的基因密码,“举头望明月,低头思故乡”的悠悠情怀能够让我们“天涯共此时”“天涯若比邻”。但到了今天,传统诗词还具有蓬勃的生命力吗?还能与时俱进、恰如其分地表达时代新声吗?笔者认为,不妨以乐观自信的态度来看待这个问题。

一生抉幽发微于中华诗词的著名学者叶嘉莹先生,曾经援引过马一浮先生对诗的定义:诗,其实就是人的生命“如迷忽觉,如梦忽醒,如仆者之起,如病者之苏”。诗源于人类向外之于宇宙和向内之于自我的极致体认和追索,并与整个人类文明发展进程相始终。从这个意义上说,作为诗歌王国重要分支的中国古典诗词,也必将长远留存、薪火不绝。身为中国人,中华诗词更能够让我们走出“前不见古人,后不见来者”的困顿迷茫,不畏“溯游从之,道阻且长”,坚持“路漫漫其修远兮,吾将上下而求索”,进而确立坚不可摧的精神坐标和文化自信。

传统诗词也是中华优秀传统文化中至关重要的一大载体,从《诗经》对“诗言志”传统的确立,到楚辞中瑰丽浪漫、上天入地的想象;从“建安风骨”和古诗十九首的直抒胸臆,到乐府诗的“慷慨吐清音,明转出天然”;唐诗创造了“前不见古人,后不见来者”的巅峰和辉煌,宋诗则糅入理趣别出新境,元明清三代也各有可观。作者们或挥洒家国天下之壮志,或抒写人生百态之情怀,或描摹世间万象、自然美景,举凡各类题材主题、思想感受、修辞运用,无不概在其间。因此,没有对传统诗词的熟悉理解,也就缺乏对中华优秀传统文化的深入认知;缺乏对传统诗词的继承弘扬,对传统文化的创造转化也就无从谈起。

传统诗词在表现重大题材和红色题材方面更有着特殊优势,比如毛泽东的革命浪漫主义创作,“金沙水拍云崖暖,大渡桥横铁索寒”“战地黄花分外香”,状红军战士的艰辛豪迈如在眼前;“苍山如海,残阳如血”“雄关漫道真如铁,而今迈步从头越”等,从雄图伟业中生发出面向悠久历史和寥廓时空的感怀,并未有任何旧瓶装新酒的违和不适。习近平总书记在多次重要讲话中对古诗词名句进行恰到好处的引用和化用,不仅深化和充实了讲话的主题内涵,更令听者印象深刻,有振聋发聩之效。他亲自填词的《念奴娇·追思焦裕禄》,“为官一任,造福一方,遂了平生意”,情深意切,感人肺腑。近年来,国家一系列重大事件发生时,官方和民间都往往少不了“以诗赋之”“歌以言志”的佳作,2014 年国家公祭日仪式上中学生用“诗经体”朗诵的《和平宣言》,如黄钟大吕撼人心魄;香港回归 20 周年之际,从港版“诗词大会”全港诗词创作比赛，到民间以回归为主题的诗词创作热潮，“共同书写香江不朽名句”。

传统诗词以其独有的魅力，更能成为快时代中让人们“慢”下来的底气和定力。当下快节奏的现实生活与传统诗词成熟兴盛的农耕时代的“慢生活”已经有了根本不同，但诗歌的创作过程却依旧同过去一样“坚若磐石”，它离不开灵机一动的兴发妙悟，离不开“吟安一个字，拈断数茎须”的推敲琢磨，也离不开众里寻他、妙手偶得的灯火阑珊处之惊喜。只有通过这样的筛选、沉淀、唤醒和重塑，才能通过传统诗词来留住“文章合为时而著，歌诗合为事而作”的时代主题，留住“我手写我口，古岂能拘牵”的个人精神。

孟子曾言：“所过者化，所存者神。”传统诗词又为当下诸多文艺样式提供了不可或缺的滋养。与传统诗词亲缘最近的新诗创作，离不开传统的深厚滋养。小说、戏剧、散文、电影、电视等各种文艺样式，也无不在其中汲取丰厚养分。以“中国诗词大会”为代表的一批文化类节目的火爆，让人们重新认识到传统诗词的无限魅力。它呵护着我们的心灵家园，滋养着我们的精神世界，让我们对脚下的这方土地和历史文化更加热爱依恋。

（靳扬扬　江苏省文化和旅游厅）

◦ 亭林园里的“公生明”戒石碑

亭林园进去一直走，松柏掩映当中，会看到那一方带点沧桑的戒石碑，上面楷体阳文，镌刻着三个字——“公生明”。

这方戒石碑高 1.62 米，宽 0.63 米。最初位于昆山县衙大堂的东廊后。康熙十年(1671)，昆山知县董正位捐出俸禄修葺县衙时，树立了这方戒石碑。乾隆十九年(1754)，知县许治重建。后改木坊，立仪门内甬道。

20 世纪 90 年代初，昆山市扩建亭林公园时，将这方戒石碑移立于亭林园的顾文康公崇功祠东侧。后来又建立了碑亭，称为“戒石亭”，成为昆山亭林园的一个景点。

仔细观察这个戒石碑，其背面还有十九个字，上方碑额横书“戒石铭”三字，其下直书孟昶《令箴》内的四句话：“尔俸尔禄，民膏民脂，下民易虐，上天难欺。”后来，昆山文化部门感觉只有这一方碑不够对称,又制作了“廉生威”方碑,和这方碑配成一对。从文物考古的角度讲,这两座碑一真一假。从意义阐发来讲,这两座碑的碑文,其实也不是一个源流。

“公生明”三字源出于《荀子·不苟篇》,“公生明,偏生暗”,意为公正使你明察,偏私使你陷入愚暗。这六字被人们称为“万世之导引”。“廉生威”这一警语,最早出自明初学者曹端,后山东巡抚年富对其词句稍作改动,增加了“公生明,廉生威”的句子,作为自己为官的座右铭:“吏不畏吾严而畏吾廉,民不服吾能而服吾公。公则民不敢慢,廉则吏不敢欺。公生明,廉生威。”两者一朝合流,便焕发出全新的光彩。

戒石,是皇帝用来戒饬官吏奉公守法的一项独特设施,自宋代起一直到清代中期,持续了七百余年,是我们国家廉政文化的重要内容。“公生明、廉生威”这六个字,更是廉政文化的点睛之笔。习近平总书记在中央政法工作会议上的讲话中讲到了这六个字,朱镕基同志来昆山亭林园视察时,也曾在“公生明”碑前留影。这六个字,渗透着中国传统廉政文化的智慧,也见证着廉政文化的发展。

昆山亭林园是以昆山著名思想家顾炎武的号命名的,园内有顾炎武的塑像和纪念馆,用以纪念亭林先生,并向世人展示他“贵廉”“有耻”“俭约”的廉政思想。顾炎武出生在明清易代的特殊历史时期,对于明朝有家国灭亡深入骨髓的痛感,他一再对明朝的吏治弊端、社会风俗进行剖析,将廉洁文化作为济世的重要内容。

昆山亭林园,一位伟大思想家的廉政思想,一方古代官吏的廉政戒石,加上传统文化里“公生明,廉生威”的律法智慧,以这样独特的方式汇聚于此间。在人类社会自我组织、自我管理和自我发展中，廉政文化作为约束自我、提升品格修养的独特文化，是和人类的生存、国家的昌盛息息相关的。亭林园这块“公生明”的戒石碑，见证着廉政文化的古往今来，也印证着人类发展的智慧和进步。

（王晓阳　昆山市博物馆）

◦ 从“梨无主，吾心有主”谈个人修养

“梨无主，吾心有主”一句出典于《元史·许衡传》，原文是：“许衡尝暑中过河阳，渴甚，道有梨，众争取啖之，衡独危坐树下自若。或问之，曰：‘非其有而取之，不可也。’人曰：‘世乱，此无主。’曰：‘梨无主，吾心独无主乎？人所遗，一毫弗义弗受也。’”意思是说许衡曾经在盛夏时经过河阳，途中十分口渴，路旁正好有一棵梨树，众人都争着去摘梨吃，唯独许衡独自安然自若地坐在树下。有人问他为什么不吃梨，许衡说：“不是自己拥有的却去摘取它，不可以。”那人说：“现在时局混乱，这棵梨树没有主人。”许衡说：“梨树没有主人，但我的心难道也没有主人吗？别人遗留下来的东西，哪怕一丝一毫不合乎道义也不能接受。”

许衡是我国元代有名的思想家、教育家和天文历法学家。这个故事是说做人要诚实守信，有自己的主见，切忌随大流而忘记个人操守。

个人修养是由内而外，推己及人；看似内求，实则外显。所以，儒

家讲“格物致知,修身养性,齐家治国平天下”,就是将个人与家国天下统一起来。说到底,个人修养不只是个人的事,而是在社会中才能更彰显其意义和价值。

在现代社会中,个人修养尤为重要。盖因现代社会人的欲望更盛、诱惑更多,个人与社会的关系更为复杂。在人的主体性不断凸显的时代,个人修养无疑是个人主体性地位确立的道义保证和伦理要求。

在当代,个人修养应着重做好以下几点。

第一,内诚于心。个人修养不是做做样子,更不是哗众取宠,而是诚心正意、守义尽职,是个人真正的内心需求。它所展现的是个人的人格魅力和道德情操,是个人道德责任与道德义务的自觉内化和强化。第二,严于律己。个人修养是自我的高贵,是不流俗的坚守。一个人的言行举止即使符合道德规范,也有可能不被人接受和理解,甚至还可能遭人误解、曲解和耻笑,这就需要个人能够坚持信念,洁身自好,自觉严格要求自己,抵挡住诱惑和压力,保持自我道德的高洁和做人的清白。第三,反躬自省。个人修养是一种恒久的功夫,不是来自于一朝一夕,也不是作用于一时一事,需要不断反躬自问,磨砺自省,才能分清是非、明辨善恶,懂得可与不可,决断为与不为,始终坚持做人的标准和原则。

个人修养是个人道德上的自我完善,但又绝不仅仅停留在个人身上。只有将它的力量转化为社会的力量,才能做到表里如一,内外一统,一方面个人平实高尚,坦荡慎行;另一方面社会和谐安定,团结精进。

（徐强　南京师范大学）

◦ 梁启超对中国传统文化的思想转变

中国传统文化绵延数千年,生生不息,仪态万方。但是近代,世人对其评议却有很大分歧,不仅西洋人对中国传统文化的观感呈两极状态,既有伏尔泰、魁奈、莱布尼茨、歌德、托尔斯泰等中国文化的推崇者,也有斯密、黑格尔、孟德斯鸠、帕森斯等人批判、蔑视中国文化。近代以来,中国人对自己的传统文化也褒贬不一,甚至在同一位中国思想家那里,对中国传统文化的态度也随着认识的深入,形成了巨大反差,梁启超就是其中的典型代表。

19世纪末20世纪初,梁启超是中国传统文化犀利的批评家。他以《新民丛报》为阵地发表了一系列文章,对中国传统文化进行了激烈的批判,号召中国之青年,“组织大军,牺牲生命,誓翦灭此而朝食”。其还痛论了中国人行为方式的种种不文明表现,尖锐批评了中国学术文化诸门类,如说传统哲学仅论伦常,传统史学是帝王起居注、是相斫书，以朝廷或君主为核心和本位等。在《新大陆游记》(1904 年印行)中，梁启超历数中国社会及文化的种种病态，认为唯有学习西方才有出路。梁启超对中国传统文化的批判在当时产生了巨大的影响，黄遵宪曾称赞梁启超的文章“惊心动魄，一字千金，人人笔下所无，却为人人意中所有，虽铁石人亦应感动”。

然而，十余年后梁启超对中国传统文化的态度却发生了 180 度大转变。他在《欧游心影录》(1920 年印行)中向国人大声疾呼，“第一步，要人人存一个尊重爱护本国文化的诚意。第二步，要用那西洋人研究学问的方法去研究他，得他的真相。第三步，把自己的文化综合起来，还拿别人的补助他，叫他起一种化合作用，成了一个新文化系统。第四步，把这新系统往外扩充，叫人类全体都得着他好处”。很显然，此时的梁启超已经变成了中国传统文化的尊重者与爱护者，不仅认为只有中国传统文化才能救中国，甚至认为中西文化的交融乃是救世界的良方。

梁启超的思想大转变让很多人不解，甚至招致嘲讽，不过如果用历史的眼光去看待此事，其实也不难理解梁启超的变化。首先需要强调的是，梁启超的一生始终抱有济世爱国的赤子之心，他在不同时期所思、所想、所为的内容和方式可能不一样，但其精神实质是一致的。其次，梁启超思想的变化与其对时事的观察和认知密切相关。19 世纪末 20 世纪初的中国病入膏肓，惨遭西方资本主义列强的欺凌，梁启超等人发起的变法运动失败，因此怀着无比悲愤的心情被迫流亡海外，这也使其得以近距离观察西方文明，而彼时的西洋正处繁华鼎盛之时，现实的强烈对比使他“向西方求真理”的想法更加坚定。

一方面是对中国现实感到痛彻心扉的“无助”，另一方面是渴盼借鉴西方文明来救中国，所谓不破不立，于是就有了对中国传统文化的激烈批判。而到了 1920 年，梁启超再次游历西方各国，而这时的西方正处于第一次世界大战刚刚结束，现代工业文明的种种弊端充分暴露的境地，这使梁启超受到极大触动，在哀叹“西洋文明已经破产”之余，转而更加审慎地思考中国的出路，更加客观地评判中国传统文化中所蕴含的东方智慧。

如果说之前的梁启超对中国传统文化的批判带有激愤之下的情绪宣泄味道的话，彼时的他已经能够平复心情理性地思考看待中西文化的优与劣了。这份理性还表现在他既不对中国传统文化故步自封，也不对西方文化盲目崇拜，而是强调将两者有机结合，寻求“化合作用”，不仅强调要借以救中国，还要救世界，从而展现了他更为广阔的视野和情怀，这既是他对中国和世界认知的深化，也是其自我心境和思想的升华。

（许开轶　南京师范大学）

◦ 中国古代文化规制与道德约束

中国古代文化规制与道德约束具有一套较为独立的体系,其中具有代表性的就是“教坊”和“乡约”,这两者在传统中国社会的文化传播与道德教化中发挥了重要的作用。

一、古代“教坊”的文化宣传与道德规制作用

坊是中国特有的建筑形式,传承数千年。在古代衙门中,坊建筑一定程度上成为了承载道德教化功能的建筑符号,它们不仅可以是直接对百姓进行教化的场所,而且在约束官员政德、官德方面也起到了重要作用。在衙门中典型地承担道德教化的坊是教化百姓的宣化坊和约束官员的戒石坊。

宣化坊是官方宣讲圣谕,教导百姓伦理道德规范的场所。所讲的圣谕称为官方的道德教科书。省、府、州、县各级地方的衙门知县

会在每月初一(朔)、十五(望)来宣讲圣谕、教化百姓。尤其是清朝政府十分注重对百姓的宣传教化。顺治九年(1652),清廷仿效明太祖朱元璋的《圣训六谕》,制定了"孝顺父母,尊敬长上,和睦乡里,教训子孙,各安生理,毋作非为"的《顺治六谕》。康熙九年(1670),颁布了《圣谕十六条》,即所谓"敦孝悌以重人伦,笃宗族以昭雍睦,和乡党以息争讼,重农桑以足衣食,尚节俭以惜财用,隆学校以端士习,黜异端以崇正学,讲法律以儆愚顽,明礼让以厚风俗,务本业以定民志,训子弟以禁非为,息诬告以全良善,诫窝逃以免株连,完钱粮以省催科,联保甲以弭盗贼,解仇忿以重身命"。雍正二年(1724),雍正帝鉴于上述"圣谕十六条"过于简约,百姓不易理解,因此对其做了详细的解释和说明,所谓"推衍其文,共得万言,名曰圣谕广训"。河南内乡县县衙的宣化坊在县衙主体建筑之前,是很高的斗拱式牌坊,面南书"菊潭古治"四个大字,其中"菊潭"是内乡县的古称菊潭县,而"古治"指的是这里是治理百姓的权力结构;面北书"宣化"二字,宣化就是上文讲的宣讲教化的含义。

宣化坊的设置充分体现出教化在古代政治文化中的作用。道德教化是封建社会统治百姓最为重要的理念,而宣化坊就是贯彻这一理念的核心工具。严格意义上说,宣化坊是在衙门外的正前方,这就明确地告诉百姓,如果能够遵守圣谕中所讲的伦理道德规范,就不会被送进衙门内受到惩戒和制裁。

戒石坊是官府告诫为官者要树立官德、政德意识的牌坊或石碑。据《吏学指南》记载,官府戒石铭"汉唐以来,未尝有之,五代时,蜀主孟昶始颁令箴于诸邑"。戒石坊的雏形——戒石铭,最早出自五代后蜀皇帝孟昶广政四年的《官府戒石铭》,而后北宋初年宋太宗赵光义首创在衙门大堂前甬道的正中央位置,立三门四柱石质牌坊或石碑定为戒石坊,并在随后的历朝历代发展成为一种定式,在省、府、州、县各级地方的衙门大堂设置。内乡县衙的戒石坊面南刻“公生明”三个大字,面北刻“尔俸尔禄,民膏民脂,下民易虐,上天难欺”铭文十六字。其中“公生明”出自明代曹瑞的一则“官箴”——“吏不畏吾严而畏吾廉,民不服吾能而服吾公;廉则吏不敢慢,公则民不敢欺;公生明,廉生威”。这三个字简明深刻地说明为官者要有公正之心,只有公平公正才能明察事件的真相,还百姓公道。而“尔俸尔禄,民膏民脂,下民易虐,上天难欺”最早出自五代后蜀皇帝孟昶亲撰的《官府戒石铭》,后由宋太宗赵光义将原文的九十六个字缩写成十六字,由宋高宗赵构把书法家黄庭坚书写的这十六个字刻成石碑或刻在衙门戒石坊上,用来告诫官员要约束自己,爱护百姓,不要做贪官污吏。

古时衙门在大堂甬道设置戒石坊的传统,表现出我国古代政治文化中对于官员的官德政德的重视,戒石坊上面书写的官箴戒约对于官员起到了告诫和约束的作用。

二、“乡约”在文化宣传与道德约束方面的作用

“乡约”是乡里公约的意思,内容是在日常生活方面,乡人互相帮助,互相劝善戒恶,目的是为了使风俗淳厚。“乡约”是自治的一种体现,由乡民自动、自发地制定规约,处理众人生活中面临的治安、经济、社会、教育、礼俗等问题。“乡约”是宝贵的中华文化遗产,千百年来,中国人为了追求人与人之间“出入相友,守望相助,疾病相扶持”

的理想境界，创造出这种乡人自治制度。

中国最早的成文“乡约”，是陕西蓝田吕大钧(1031—1082)制定的《吕氏乡约》，也被称为《蓝田乡约》。制定者的目的，是使乡人能“德业相劝，过失相规，礼俗相交，患难相恤”。“乡约”采取自愿原则，“其来者亦不拒，去者亦不追”。组织上，每约有“约正一人或二人，众推正直不阿者为之。专主平决赏罚当否。直月一人，同约中不以高下、依长少轮次为之，一月一更，主约中杂事”。同约的人们，“每月一聚，具食；每季一聚，具酒食”，“遇聚会，则书其善恶，行其赏罚”。然而，“若约有不便之事，共议更易”。萧公权推崇“吕氏乡约于君政官治之外别立乡人自治之团体，尤为空前之创制”。

最初的《吕氏乡约》直接实施范围不会很大，可能就是吕氏所在的本乡本族，时间也不会很长。据估计，吕大钧从创作该乡约到去世，除去中间外出任职，实际在乡里推行也就几年而已。吕氏兄弟躬行礼仪，自已和家族守约之后还觉得不够。他们根据实践和关中学者提倡礼学的结晶，而集成约文，制成具体的、有形的团体标准并推行，希望从本乡到蓝田，从蓝田到关中，从关中到天下后世。《吕氏乡约》的基本主张，在于树立共同的道德标准，共同礼俗的标准，使个人行为有所遵守，不至溢出标准范围以外。这种步骤在礼学里面，可以说是到了登峰造极的地位，社会学家杨开道如此称赞它在制度传承上的意义。

中国农村的成训习俗向来是世代相续，口头相传，从没有见之于文字，见之于契约。而制度必须成文，才可能行之广泛。“由人民主动主持，人民起草法则，在中国历史上，《吕氏乡约》实在是破天荒第一遭。"《吕氏乡约》被奉为乡约的鼻祖,对后世影响很大。各时代仿照《吕氏乡约》的乡规民约不胜枚举。日常生活中,乡人互相关心,互相照应;乡人定期聚会时,有礼让的仪式,有融洽的气氛,有喝酒吃饭的安排。这些设计,是要培养人们彼此亲近、友爱、和乐的关系,所谓里仁之美。如果人们都是这样,那么风俗就会变好。所以,这既是一个地方自治的制度,也是一种社会理想。修订礼仪,以礼为纲,是移风易俗的尝试。乡礼是自周礼就开始的,而"乡约"和礼仪结合的传统,是从《吕氏乡约》开始的。

今日的中国农村,许多地方的村民在自发、自愿地参与关系着他们权益的村规民约的建立与发展,或许我们能从中国古代的乡约制度中,寻得更多值得学习和借鉴的智慧。

(赵晖　南京师范大学)

○ 南朝文化:地方文化融合的经典代表

江苏省是我国的文化大省,而江苏地方文化是当代中国文化发展的重要部分。它的内涵极为丰富,依托江苏悠久的文脉轨迹,如楚汉文化、淮扬文化、吴文化等,以此展开,形成了丰富多样的文化格局。但是江苏地方文化中有一种文化,是以一段特殊的历史时期为背景,在依托本地特色的基础上,通过融合南北文化而形成的特别文化样式,这就是“南朝文化”。

公元317年晋人南渡,在建康(今南京)建立了东晋王朝,开启了以长江中下游区域为核心的文化大融合、大发展的重要历史时期。公元420年东晋王朝被刘宋王朝取而代之,中国历史上与“北朝”并立的“南朝”时期由此开始。

历经宋、齐、梁、陈约一百六十余年的时间,中国历史上这一特殊的历史阶段发生了前所未有的文化融合,形成了南北融合发展后的文化巅峰,长江流域承接了因北方战乱而中断的“中华文明”,成为中华文化的避难所,而这一文化发展的特殊交汇点就是江苏。

江苏地方文化经过“南朝文化”的锻造,形成了具有鲜明特色的文化,并且以此为基础,经过近千年的发展,文化特色愈发明显。同时,南朝文化因为浸润在江南地区特殊的人文环境中,其本身又将融合型文化推到了一个全新的高度。

“南朝文化”是一个综合的文化表现载体。刘勰、萧统、徐陵、鲍照、刘义庆、祖冲之、葛洪、陶弘景、王羲之等一批光照千秋的文化巨人都聚集到了“南朝文化”这一舞台上。他们在江南地区这片温润富饶的土地上,博览辞林,辛勤耕耘,对秦汉以来以北方文化为基础的汉文化进行了大总结、大发展,取得了一批具有划时代意义的伟大成果。同时,在充分吸纳南方地区文化的背景下,形成了一个立体而多元的文化表现样式,极大地丰富了灿烂的中华文化体系。

“南朝文化”具体可以分为文学文化、科学文化与艺术文化等几大方面。

文学文化方面,有“操千曲而后晓声,观千剑而后识器”的《文心雕龙》;有“好文宜读”的诗文选集《昭明文选》;有反映南朝百姓日常生活的《玉台新咏》;有“宁为兰摧玉折,不作萧敷艾荣”的《世说新语》等,华章灿烂,文脉悠久。

科学文化方面,将圆周率计算到小数点后第七位的祖冲之编纂了精确的《大明历》;专心炼丹的葛洪“无心”拓展了化学学科的发展领域，并编成传染病学先驱典籍《肘后备急方》；“术士”陶弘景撰写了药物学方面最早的著作《神农本草经集注》。

艺术文化方面，有“大字之祖”《瘗鹤铭》屹立长江峭壁，更有南朝石刻遍布齐梁故迹等。范文澜评价南朝文化是汉文化的继承者，更是汉文化的转化者。

“南朝文化”也是一种文化精神的特色体现。前有祖逖“闻鸡起舞”“中流击楫”成为中国人爱国敬业的典范，后有北府青年投军抗敌、保家卫国鼓舞中华民族勇敢向前。这种维护国家统一而不怕牺牲、勇于奉献的精神成为了中华文化传承千年的重要支撑。

“南朝文化”更是江苏地方文化的重要组成部分。“南朝文化”倡导“怡然恬静”但不脱离现实，遵守既定规矩但不墨守成规，讲究文化发展但不拘泥条框。同时，它突出民间文化与现实文化的发展，将文化的艺术性与社会实践性相结合。

当代江苏地方文化的传承与创新融合，规范与开拓并举的特色性，在一定程度上就是以文化融合而形成的“南朝文化”为根基发展形成的，这也是江苏地方文化能够在全国丰富的地方文化之林中脱颖而出的重要原因。

习近平总书记指出，“文化是一个国家、一个民族的灵魂”，“要善于把弘扬优秀传统文化和发展现实文化有机统一起来，紧密结合起来，在继承中发展，在发展中继承”。“南朝文化”虽然是江苏地方文化的一个组成部分，但是从中国文化发展的大背景来看，任何地方文化都具有其发展的脉络，都必须要放置于中华文化的“大平台”上来展示，都是中国当代文化的重要组成。

弘扬和发展每一个地方文化中的积极方面和突出特点，继承优秀传统地方文化的精华，都有益于推动中国社会主义文化的发展。

（邱实　南京师范大学）

◦ 民间美术：珍视优秀传统文化复兴的宝贵财富

在源远流长的中国历史中，广大劳动人民形成了自己的思想和文化，而用于表现这种思想和文化的造型艺术被称为“民间美术”，包括剪纸、雕刻、泥塑、绘画、刺绣、染织等多种艺术形式。

“民间手工艺人”意指来自县乡村镇的平民大众，如农民、渔民、牧民、匠人等，创作者的阶层身份决定了民间美术是区别于历史上的宫廷美术、士大夫美术的，也区别于现代美术工作者的专业创作。艺术概念宽泛，没有划分出“民间”与“非民间”之别，但民间美术作为人民大众审美表现的一种方式，由于创作者居“江湖之远”而非“庙堂之高”，未接受过所谓的正统精英教育，其阶层世态人情被认为是下层文化，其价值在古代始终被低估。和宫廷画家、士大夫画家相比，他们的美术作品归属俗文化一类，难登大雅之堂。

民间美术的内涵也相对不同。民间美术的诞生和人们的生产、生活密切相关,具有实用的物质性、审美的精神性双重功能。我们常说的美术代指书法、绘画,借笔墨抒情,主要起审美作用,民间美术由于特定的形态、功能、类别、材质、性质等,远远超出一般意义上的美术内涵范围,更具有普世的民族精神性。

整体而言,民间美术具有直接性、地域性、民俗性、原发性四个特点,突出表现了劳动人民所理解的真善美。直接性是指劳动人民在创作中各种感情直接而强烈地迸发表达,正所谓“我手写我心”;地域性是指不同地域的民间美术有不同风格特点,即“一方水土养一方人”;民俗性是指劳动人民受信仰、礼仪、生产、节令、习俗等方面的影响而在民间美术创作上有相应体现,作品不仅“有看头”,还“有讲头、有传头”;原发性是指劳动人民对生命繁衍的期盼和永久延续的想象,其根源追溯至人性,强调“万物生生而变化无穷焉”。

人民群众是历史的创造者,是社会物质财富的创造者。民间美术作为一门存在于人民群众衣食住行之中的美术形式,以质朴的材质、简洁的造型、喜庆的色彩、实用的功能和美好的寓意,满足了劳动者多层次多方面的需要,其通俗易懂的形式广受欢迎,并为劳动者所掌握和运用。它既是生活必需品,也是不可或缺的精神食粮;它根植于人民群众,是淳朴风气、善良勤劳的结晶,是各族人民生活感受、生产智慧、情感爱憎的彰显,成为我国文化艺术宝典中的精彩一页,是中华民族文化的重要组成。

阳春白雪,下里巴人,雅与俗二者各具所长,依托不同艺术形式,将不同主题的艺术作品汇聚在中华千年艺术长廊中。宫廷美术富丽多彩,士大夫美术娴雅清丽,民间美术自然质朴,三者相互对应又彼此借鉴,构成气象万千的文艺大景观,丰富着中华传统文化的精神内在。

因此,在强调民族复兴的当下,我们应对拥有民间美术这个传统文化宝贵财富而感到骄傲自豪,同时也应给予民间美术更加充分全面的珍视,重视、保护,并不断发挥民间美术的独特优势,用集文化性、艺术性、时代性于一体的文化创意产品,让这类艺术瑰宝继续引领、滋养、服务现代生活。现代人对自身优秀传统文化的新自觉,能够让古老的民间美术重获新生,再现新活力。

（汪悦　江苏省文化和旅游厅）

◦《诗经》中的好家风

《诗经》是中国文学史上第一部诗歌总集，共收录西周初年至春秋中叶诗歌 311 篇，生动形象地展现出了周朝社会生活面貌，其中很多诗句蕴含着极为丰富的家风思想，至今仍具有教育和借鉴意义。

忠诚爱国。爱国主义历来都是一个民族、一个国家赖以生存与发展的一种基本精神。《诗经》中大约有一半以上的诗歌直接或间接表达了人们浓郁的爱国情怀。比如《秦风 · 无衣》中“岂曰无衣？与子同袍。王于兴师，修我戈矛。与子同仇！”生动地描写了战前士卒秣马厉兵的参战激情，表达了人民团结御侮的爱国主义精神。又如《秦风 · 小戎》则赞扬了丈夫的慷慨从军和妻子深明大义的爱国思想情感。

修身明德。孔子曾概括《诗经》宗旨为“思无邪”，并教育弟子读《诗经》以作为立言、立行的标准。“妻子好合，如鼓琴瑟；兄弟既翕，和乐且湛;宜尔室家,乐尔妻孥。"《小雅·常棣》中这句诗被后世引申为"修身齐家治国平天下"。孔子所说的"其身正,不令则行;其身不正,虽令不从",与《小雅·车辖》中诗句"高山仰止,景行行止"一脉相承。"刑于寡妻,至于兄弟,以御于家邦",《大雅·思齐》中将遵纪守法要求由妻子、兄弟推广到家族乃至全国,值得后人深思。

诚信守礼。诚信守礼是中华民族的传统美德,先民们坦然率真,爱憎分明,不玄不妖,着实令人感动。如《鄘风·相鼠》中"人而无仪,不死何为?""人而无止,不死何俟?""人而无礼,胡不遄死?"诗人不仅痛斥,而且还要他们早早死去,以免玷污"人"这个崇高的字眼。再如《卫风·木瓜》中"投我以木瓜,报之以琼琚",宣扬人受于恩惠,当思图报,可以看出受惠之人谦逊诚实。

勤劳俭朴。《诗经》里有许多描写劳动生活的场景,体现了人们热爱劳动的美德。比如《魏风·伐檀》直接歌咏劳动,在表达劳动者对剥削者不劳而获、坐享其成的责问的同时,也把人们勤劳壮美的一面表现出来。至于人们俭朴的美好品质,在《诗经》中也时有体现,比如《郑风·缁衣》中穿缁衣人的妻子,见到丈夫的衣服破了,要重新缝补改制,使之常新,既体现了妻子对丈夫的体贴和关爱,同时也反衬出做官的丈夫勤勉和俭朴。

孝亲感恩。中国人历来把"孝"当作百善之首。《诗经》中的孝亲诗反映出孝道之悠久,深刻揭示了对父母尽孝的重要内涵和意义。《诗经》中孝亲诗共 22 首,分为两大类,一类是诗中出现"孝"字的,"孝"字在《诗经》中计出现 17 次;一类是诗旨为"孝子之诗"的。其中前者分布于《大雅》《颂》之中,后者则主要分布于《小雅》《国风》之中。

如《唐风·鸨羽》中“父母何怙”“父母何食”“父母何尝”的吟叹，描写烘托出孝子常年在外行役，担心父母没有粮食生存的悲哀，以及无法奉养双亲的悲痛。

兄弟友爱。古代部族家庭，以血缘关系为基础，在他们看来，兄弟和睦是家族和睦、家庭幸福的基础。因而，非常注重兄弟友爱，手足亲情。《小雅·常棣》中“凡今之人，莫如兄弟”，就是对兄弟亲情友爱的颂赞，同时也表现了先民传统的人伦观念。《常棣》是中国诗史上最先歌唱兄弟友爱的诗作，“棠棣之华”“莫如兄弟”“兄弟阋墙，外御其务”，作为具有原型意义的意象、母题和典故，千古传唱，历久弥新。

爱情专一。《诗经》中描写爱情的篇章有很多，虽然有一些是弃妇怨妇诗，但也不乏一些表现真挚感情的爱情诗。比如《邶风·击鼓》第四章有这样的句子“死生契阔，与子成说。执子之手，与子偕老”。后世广为流传的“执子之手，与子偕老”就来源于此，用以表现稳定的夫妻关系和专一的爱情。

（陈玉军　中共射阳县纪律检查委员会）

◦江苏地方文化◦

江苏地方文化是我国文化体系中极具代表性的文化。江苏作为一个行政区划,经过长期的发展,形成了南北不同风格但又高度融合的文化形态。江苏地方文化既有钟灵毓秀的一面,也有雄伟粗犷的一面。蜿蜒的大运河由南至北穿越江苏全境,使江苏文化中不同类型的文化形式,如吴文化、里下河文化、楚汉文化等相互交融,形成了全新的地方文化形态和内涵。江苏地方文化总结而言,可以概括为上善若水、兼容并蓄、崇文重教、经世致用、柔中蓄劲、雅不废俗、惟精惟新。细细体会江苏地方文化,宛如品一杯沁人心脾的香茗,回味无穷。

纪念宋文治先生百年诞辰

宋文治(1919—1999),现代著名画家。江苏太仓人。早年师从张石园学习山水,后得陆俨少指授并拜吴湖帆为师。1951年入江苏省国画院,受傅抱石影响,致力于山水画创新。其早年作品风格疏秀;中年笔墨劲健,意境灵奇,时代气息浓郁;晚年变法,尝试没骨泼彩,格调清新,意境空蒙迷茫。曾任南京大学教授、江苏美协副主席、江苏省国画院副院长等职。出版有《宋文治画集》《宋文治作品选集》等。2019年为宋文治先生百年诞辰,江苏省文化界、美术界为其举行纪念活动。

◦ 百年宋文治

一、玉汝于成

宋文治是个从育婴堂抱来的弃婴，他本人对此并不讳言，多次提到自己是“螟蛉之子”。他在成年以后也曾设法寻找自己的亲生父母，但终不可得。

抱养他的宋家住在太仓西郊镇中街，这里有一条与娄江相连的致和塘通向县城，宋家临河赁房而居，沿街开了个小面馆维持生计。

20世纪二三十年代江南农村的凋敝，加上养父宋梦周不谙经营，小面馆逐渐难以为继。贫贱夫妻百事哀，养母马杏梅经人介绍去上海帮佣，并从此与家里基本断了联系，直到30年后宋文治将她接到身边。

生活关上了一扇门，艺术却为他打开了一扇窗。画画，成了少年宋文治最强烈的精神寄托。从烟标到《芥子园画谱》，他在描摹中寻找比现实生活美好的世界，也磨炼自己笑对人生的坚毅性格。1941年得上海亲戚资助，他考取苏州美专。在美专虽然只有短短的半年，但接受的却是正规而系统的教育，对他以后的国画创作产生了深远的影响。

他最早的投师学艺，是于1942年在上海拜见同乡朱屺瞻先生而起。出于对同乡后辈的赏识和提携，朱屺瞻出资设宴，为他介绍张石园先生为师。在安亭，一个偶然机会与陆俨少先生相识，并经陆俨少介绍拜吴湖帆先生为师，这让宋文治学习传统的"师古"进入了一个新的阶段。

中华人民共和国建立以后，1956年，宋文治随陆俨少与徐子鹤、孔小瑜有过一次安徽之行，此行写生所得的两幅国画入选全国美展，其中的《桐江放筏》更是在《人民画报》上跨页发表。

在画坛上崭露头角的宋文治得到了前辈们的嘉许。1957年，由于他本人作品的影响，并经刘海粟的力荐，他成为了正在筹建的江苏省国画院的一员，走上了专业创作的道路。

二、金陵中坚

继上海、北京以后成立的江苏省国画院，是当时江苏省委立意高远的一项重要举措。广揽画坛精英人物，一批经典作品应运而生，并由此产生了江苏省新中国文化建设的最大成果之一——新金陵画派。

1960年的两万三千里写生活动，是新中国画史上的一次壮举，是对探讨中的如何用传统笔法反映现实题材的一次集体破题，也标志着新金陵画派的形成。宋文治在途中再次创作的《山川巨变》,显示了他娴熟的技巧和精巧的构思,全景式的展示,有情有景,见笔见墨,成为建设主题大胆而完美的呈现,他此前和此后创作的《山川巨变》系列,成为新山水的经典作品。此行,宋文治还创作了其他一系列作品,如《西陵峡》《成都杜甫草堂》《广州造船厂》等,在其后的全国展览中受到很高评价。

1963 年,他的第一本画册正式出版,随后中央新影厂拍摄国画电影时又呈现了他的《山川巨变》,从此他脱颖而出,成为新金陵画派的中坚力量。

儒雅谦逊的宋文治在艺术上却是大胆的,20 世纪 60 年代初,他的笔开始伸向了他熟悉而又热爱的领域——画江南、画太湖。他所选择的江南从太湖波影到枕河人家,从杏花桃花到黛瓦白墙,写尽了小桥流水人家的江南韵味,人送雅号“宋太湖”,他是当之无愧的。

从此,在宋文治的绘画中,一直有着两副笔墨。一副是描绘主题遵命而作,但并不妨碍他创作出一幅幅佳构。他提出的“两下”——“下生活、下基本功”的理念,成为他的不二法门。另外一副笔墨即是他描摹自然风光尤其是江南风景的部分。受“文革”影响,他被迫搁笔多年。重新恢复创作的 20 世纪 70 年代初,他与人合作创作了一批诸如《向阳湖畔》《南京炼油厂》等主题性作品,也有描摹自然风光的《太湖新装》《太湖清晓》,偶尔还有如《水乡春暖》这类笔调比较轻松的作品。

改革开放后,中国进入了一个新的历史时期,宋文治的创作风格开始逐渐嬗变,他笔下的江南、峡江、黄山有了新的美学风格,写意精神在他的作品中显示得更为充分。随着《秋江晓泊》《白云高秋》《幽涧图》等一批作品的涌现，标志着宋文治“衰年变法”的成功，他实现了艺术上的又一次自我超越。

三、江南雅士

宋文治在他的晚年，提出了要温习传统，重新补课，并创作了一批传统笔意的作品。他这一时期的温古作品，如《万壑松风》《松竹幽居图》等，尤其是许多黄鹤山樵笔意，尽得元人意趣。同时，他也是以此表达对民族传统的敬意。

其实，宋文治本身就是颇具传统意味的文人雅士，在当代中国画坛，几成绝响。

宋文治广交友朋，择友之道，友直、友谅、友多闻。宋文治为人重信义，在乡间时所交者大都是地方文人或乡间士绅，宋文治的文化底色皆源于此。及至后来，宋文治的朋友圈逐渐扩大，大多是画坛书坛艺坛之翘楚，志趣相投、性情相悦，交游唱和间，于艺事有大益处，也为中国画坛留下了一段段难以复制的佳话。

宋文治的收藏、戏曲、美食、园艺和手工等癖好，尽显其真性情。晚岁，他还迷上了花鸟、书法。在生命的最后阶段中，宋文治还在北京、深圳、太仓、上海和南京之间奔走，参加文化活动，会会老朋友，并应邀作画。

四、松石长存

1999 年 8 月 10 日凌晨 2 时 47 分，宋文治驾鹤西去。8 月 14 日上午9时,各界人士千余人到南京石子岗为他送行。

在宋文治诞辰百年之际,我们在总结他的艺术人生的时候不难发现,他不仅仅是秉承传统、出新求变的艺术家,也是长于管理、身体力行的实干家,更是教育人才、传播文化的教育家。

从太仓到安亭,宋文治执教十余年。他对中小学美术教育颇有建树,强调以美育化人,陶冶情操,培养兴趣,重视基础。

"两万三千里"写生活动,宋文治不仅创作成果丰硕,还是一行13人的"后勤总管",协同保障了历时三个月遍及六省十一市的写生行旅。"文革"后期,宋文治担任省美术创作组副组长,1977年省国画院恢复时担任副院长。他全力辅佐院长钱松嵒和负责实际工作的亚明,一起走过了画院恢复重建时期的艰辛道路。

让更多的人得到文化的滋养,是宋文治的一个心愿。他在省国画院、省美术馆都留下了一大批作品。1989年,他把自己的59幅作品和30幅古代书画,以及30件古陶瓷捐给了家乡的"宋文治艺术馆"。在常熟虞山,他捐资并设计建造的"松风亭",遍镌名家手迹,成为江南名山新的文化景观。

艺术在时光中永生,宋文治一生经历了不同的时代,见证了中国画的起落沉浮。他以巨大的艺术勇气和作为,矫矫不群,自成一格,成为20世纪中国画创新发展的一位开拓者和引领者。他的艺术人生,如松如石,长存世间人心。

(周和平　中共江苏省委统战部、江苏省社会主义学院)

◦ 大师·典范

——纪念宋文治先生一百周年诞辰

2019 年是我国著名艺术家宋文治先生一百周年诞辰。2018 年 10 月,在筹备纪念活动初期,其哲嗣宋玉麟先生给我来信,要我为纪念宋文治先生百年诞辰的画册作序。我久仰宋文治先生的盛名,但在其生前无缘相识。当我认真研究了宋老的生平资料,仔细观赏其作品集后,深深为他的艺术生涯和艺术成就所震撼,感到自己没有实力为这样一位大师的画集作序。2019 年 4 月,我在卸任省文化厅长以后,向宋玉麟先生提出请求免交作业。玉麟先生还是执意要我作序,诚意难却,我勉为其难。

宋文治先生是我国杰出的画家、新金陵画派主要代表人物,也是美术教育家和理论家,收藏大家。他有着传奇的人生。他好像是上天撒落在太湖之畔的一块金石,刻意由江苏太仓一户平凡的宋姓贫民家庭收养,演绎出一代画杰极不平凡的精彩故事。纵观其一生,我感到他留给后人的不仅是珍贵的作品和藏品,还有他为人为艺的高尚品格和精神风范。他不仅是艺术大师,而且是我们文化工作者学习仿效的精神典范。

宋文治先生是恪守感恩和回报,一生用丹青翰墨赞美祖国、讴歌人民的典范。贫苦的出身、青少年时期的艰苦经历让他倍加感恩和珍惜新社会带来的新生活,从安亭师范的美术教师到江苏国画院的专职画家,他都满怀着对党和人民的感激之情。他一直对别人说,他之所以能有这样的生活和艺术成就,离不开国家和人民对他的培养和信任。只要国家有需要,他总是义不容辞,这种深情一直贯穿其毕生的创作。据我目力所及,他的书画作品绝大多数是现实题材创作,赞美祖国大好河山,讴歌时代精神,如《山川巨变》《春风又绿江南岸》《轻舟已过万重山》等。无论是青年、中年、老年时期的作品,无论艺术风格怎么变化,都饱蘸了他对祖国和新生活的挚爱之情。每件作品都精心构思、精心布局、精心绘制。他的绘画风格清新隽秀,春光明媚,令人赏心悦目。他特别热爱生他养他的家乡和太湖,江南太湖是他笔下创作的永恒主题,他笔下的家乡充满诗情画意,如梦如醉,独出前贤,素有“宋太湖”之美誉。宋老先生的这份热爱家乡的情怀,也是全球中华儿女“杏花春雨江南”家园情怀的深情表达。生长在北方的诗人白居易也吟江南好:“日出江花红胜火,春来江水绿如蓝。”

宋文治先生是在继承传统基础上创新求变、守正出奇的典范。他本人及其他的研究者都将他一生的艺术生涯分为三个阶段:师古、出新、求变。少年时期,他深受娄江画派“四王”画风习染,青年时期他得到了朱屺瞻、张石园、陆俨少、吴湖帆等先贤的精心指导,汲取

“四王”画派精华，追习宋元大家技法。这些良师益友将中国画山水传统笔法精髓向其倾囊相授，因此他在青少年时期打下了深厚的传统笔墨功底，养成了隽秀文雅的书卷气息、平和中正的审美意趣、精妙神俊的笔墨技巧，修得山水画南宗正脉。1957年入职国画院，从此开始了由师古转向创新的第二阶段。在傅抱石、李可染前辈的影响下，他游历名山大川，深入生活，探索中国画创作的新道路。特别是1960年初，他作为后勤总管，全程参与傅抱石带队的“两万三千里”写生，深入生活、把握时代，“绘山川巨变”，创作了一批风貌一新的现实题材山水作品。以傅抱石为代表的新金陵画派坚持现实题材创作，生动而不僵硬地用传统笔墨讴歌时代巨变，用精湛的艺术作品，落实了毛主席和党中央的“文艺为人民服务”的号召，“把夹生饭煮熟了”，并形成集群效应，实现了中国画山水由旧形态向新形态的创新性发展。宋文治先生作为崛起的新金陵画派的中坚力量，为此做出了自己的贡献。20世纪80年代，时任江苏省国画院副院长的宋文治先生开始了老年求变阶段。他在中西文化的交流中开阔了视野，大胆吸收西方绘画的精髓，并借鉴张大千的泼彩技法，结合自身艺术特点，开创了绘画创作的新阶段。宋文治先生的泼彩画为“小泼彩”，区别于张大千和刘海粟等人的“大泼彩”，赢得国内外一致盛誉，奠定了他作为“20世纪山水画开拓创新者之一”的地位。其艺术生涯可谓是守住了本来，开辟了未来。

宋文治先生极其虚心好学，是文人相亲相重、博采众长的典范。他善于与人相处，为人谦和，在他眼中看到的都是别人的优点和长处，而且他都采取“拿来主义”。在青少年时期，他转益多师。后在江苏省国画院“新金陵画派”的大集体中，一洗“文人相轻”的封建时弊，他得谦虚好学之便利，在艺术上吸取他人之长，精益求精，形成自己的风格，终成大家。特别是他担任傅抱石院长的秘书，得勤奋之便利，有机会观摩傅抱石画画过程，深受其画风影响。80 年代受一位年轻画家“流墨山水”展览的启发，宋文治先生对自己的“泼彩”画法有了新的感悟，促使他追求中国画最高意境的新探索。他喜爱并学习中国优秀传统文化，如文学、书法、戏曲、皮影戏等，特别爱好昆曲。他喜好一切美好事物，包括学习西方油画，他把中西方优秀文化元素融入到了中国画创作中。

宋文治先生的艺术生涯和艺术成果及其崇高品格是一笔宝贵的精神财富。高山仰止，今天我们纪念他、缅怀他，就是要学习和继承他的崇高品格和精神风范。要像他那样注重现实题材创作，不断推出讴歌党、讴歌祖国、讴歌人民、讴歌英雄的精品力作；要像他那样不忘初心，在继承优良传统的基础上创造精彩，开辟未来；要像他那样虚心好学，广采博取，创作出思想精深、艺术精湛、制作精良，经得起历史检验的文艺精品。

我与著名画家宋玉麟先生相识相知，他儒雅方正，博学睿智，为人为学堪称一流，从其身上看到了宋文治先生的深刻烙印和家风传承。怀着对宋文治先生十分崇敬的心情，不揣浅薄，写下上述粗浅体会，求教于方家。

（徐耀新　原江苏省文化厅）

○ 梦萦江南

我的父亲宋文治先生,曾创作了许多以江南水乡为题材的山水画。他笔下的太湖,带着丝竹的雅韵,充满着诗情画意,让人看了如梦如醉,真有“能不忆江南”之感慨。这种画与人心灵完美契合的感觉,是异常奇妙的。父亲作品中所呈现的象征意味,为他赢得了“宋太湖”的美誉。

黄苗子先生十分推崇父亲画的太湖。苗子先生在《宋文治画展小记》中写道:“宋文治是江南人,他热爱自己美丽的乡土,他所作的江南水乡景色特别动人。例如这次展出的《李花春雨江南》,就是用画笔来表达诗一样迷人的祖国江山的作品:空阔的太湖烟水,远山如眉,小舟轻泛,近处冈峦一片李花环绕,濒湖是白墙黑瓦的江南民居,使人感到气氛的幽静清丽。这种春霭迷蒙的表现,更加使人感到乡土的特有之美。”

父亲曾多次跟我讲过,太湖中他最喜欢苏州洞庭东、西山的景色,那里的气息与无锡的不一样,没有丝毫的人工气,有着一种天然的野趣。在我的印象中,除了长卷《太湖胜览》之外;父亲的作品中很少有表现无锡太湖的了。而洞庭东、西山,因其经典的江南山水特质,成了他创作中永不枯竭的源泉。湖光山色,水天如梦,江南这片故土是父亲始终梦牵魂萦的地方。

20世纪60年代初,父亲开始以苏州太湖流域的景色为题材进行绘画创作。从现有的资料来看,1960年他所作的油画《洞庭春色》是目前发现最早的一幅。当年江苏油画展即将赴北京展出,因父亲在苏州美专学习时曾画过油画,所以大概出于为展览助兴的缘故,他以很高的兴致创作了这幅布面油画作品。《洞庭春色》(97cm×70cm)虽为油画,却洋溢着中国画的气息。画面从构图到用笔、用色,都显露出中国画所独有的形式和特点,让人耳目一新。此画在北京展出时,曾受到首都油画界的关注,当时就此画曾有一篇评论文章发表于《光明日报》,称《洞庭春色》是油画民族化的有益尝试。该作现藏于江苏省美术馆。同年,这一类的油画父亲还画过多幅,如《南国风光》《黄山》等。

中国画《江南三月》也属较早的一幅。此画四尺六开,横幅。吸收了水彩画的技法,画面用三分之二去表现一大片金黄色的油菜花,在油菜花的上方则以写实的手法勾画出一幢江南民居,民居前有两农妇肩扛锄头,似在相对交谈,神态极为生动。从题款来看,此画作于1961年春,乃写洞庭西山所见。此画虽小却引人入胜,有暮春三月、莺飞草长之意境。当时叶浅予先生到南京见到此画后,当即推荐给中国美术馆的同志嘱为收藏。

大概正是这一鼓励，父亲画江南的兴趣便一发不可收了。作于1962年3月的《江南春朝》(中国美术馆藏)，是父亲画江南山水中最为成功的一幅作品。《江南春朝》以苏州水巷常见之景为素材，用轻松的笔调写出片片桃花，旧时的建筑夹带着春天的气息，给人以古朴、温馨之遐想，真是一派春暖花浓之景象。此画吸收了苏州桃花坞木版年画的一些特点，简洁而富有装饰效果。该作被北京荣宝斋复制成木版水印发行，很快卖完，再版又卖完，接着又再版，先后竟达10余次。《江南春朝》受到了人们的极大欢迎，购买该画的还有不少是外国友人，这也是父亲所没有想到的。

1963年，由中国美术协会主编的父亲平生第一本个人画集出版，便用《江南春朝》作为封面。看得出，父亲对这幅画也是非常满意的。《江南春朝》的反复出版、发表，影响日隆，已和《山川巨变》不相上下。后来，美术评论家们认为《山川巨变》和《江南春朝》，都应视为父亲20世纪60年代的代表作品，也是父亲的成名之作。这两幅作品所展现的时代特色和艺术风貌，确立了父亲自己的艺术语言和个人风格。之后，凡父亲的江南山水中画有红桃花者，尤其受到人们的青睐。

钱松喦先生认为："文治同志的绘画风格清新隽秀而不纤佻，隽秀中又有苍沉，用笔、用墨、设色、构图等多见巧思。这是他对传统艺术勤学苦练而来的，他总是寒暑不辍，夜以继日地钻研。尤其是他虚怀若谷，兼收广揽，集各家之长，融会贯通，然后自成风格，这是他艺术精进的关键。"时钱老和父亲是邻居，两人工作、生活朝夕相处，甚为了解。钱松喦先生对父亲的评价,应该说是十分中肯的。

在作《江南春朝》前后,父亲还创作过不少江南水乡的作品,其中较著名的有《洞庭果熟》(1961 年 4 月作,现藏于江苏省国画院)、《江南春朝》(1962 年 3 月作,系第二稿,现藏于太仓宋文治艺术馆)、《太湖帆影》(1962 年 4 月作,现藏于中国美术馆)等。另有一幅描写苏州拙政园的山水画,直幅《拙政园图》(68 cm×45 cm),也创作于 20 世纪 60 年代,以五分之四的画面,自下而上以双勾法画出大片荷花,画幅最上方才是回廊水榭。

此画完成不久被我带去上海,一直在手边观摩学习。直到 1989 年,我把《拙政园图》拿出来请父亲题款,父亲自称“此种笔法仅此一幅”。《拙政园图》在父亲的江南山水中属于另类,此画之珍贵可想而知。综观父亲这一时期的江南山水,视角宽广,大都自写生中来,并在艺术表现手法上喜作多种尝试。

1961 年,我先期来到南京,随父亲一起生活,自此也开始在父亲的指导下学习绘画。三年之后,母亲、祖母和玉明弟弟也先后到南京,尤其是母亲的到来,解决了父母亲长期分居两地的困难,父亲的生活从此也可以有人照顾了。1965 年我考取了上海戏剧学院舞美系,赴上海求学。第二年“文化大革命”开始,父亲又先后到金坛、桥头省“五七”干校、高资蚕种场学习劳动。

1970 年父亲奉调回到南京,参加了省美术创作组。他与其他画家一起深入生活,曾赴煤矿、工厂、农村进行写生。有一次在南京炼油厂写生时,父亲心脏病突发,被人抬下山来送到工厂医院救治。这一时期他创作了不少作品,其中他在 1972 年和 1973 年所作的《太湖新装》《太湖清晓》两幅大画，是这一阶段的重要作品。

这两幅作品虽视角不同，但都系表现同一主题，画出了苏州洞庭山银线(高压线)跨越太湖的宏伟气势。《太湖新装》为秋景，在山峦上画满秋林；而《太湖清晓》则是春景，用双勾画满了绿树，高压线钢架均由近及远，穿过层层山峦直跨太湖。这样的现实题材创作难度极大，可以看得出父亲当时的心态是很紧张的，态度也是一丝不苟的，可以说用尽了自己最大的心力。

这两幅太湖作品，在“文化大革命”期间，曾屡次参加全国和省级美展，并在各种刊物发表，且与父亲的另一幅作品《向阳渠畔春意浓》一起，以单片画的形式出版发行全国，在那个年代影响很大。《太湖新装》和《太湖清晓》这两幅大画现都藏于江苏省美术馆，另有一小幅的《太湖清晓》则藏于太仓宋文治艺术馆，都是父亲的力作，也留下了那一时期艺术家们创作的足迹。

1976 年，“文化大革命”结束，人们的思想获得了前所未有的解放。画家们创作的状态也发生了变化，代之以更多的宽松与自然。这从父亲 1978 年所作的《李花春雨江南》，以及 1981 年所作的《晨韵》中，我们就可以清晰地感觉到，温情且带有诗意的气息又回到了他的作品中。值得一提的是，父亲的另一横幅《洞庭山小景》(28cm×103cm，宋文治艺术馆藏)，此画作于 1978 年春。画面完全采用没骨法，泼彩和泼墨浑然一体，使太湖氤氲的气氛得以充分表现。这一反常态的画法，取得了不同寻常的艺术效果。事实上该作是父亲小泼彩画法的前奏，而小泼彩成就了父亲晚年在山水画创作上的又一高峰，故《洞庭山小景》的学术意义正在于此。

作为一名对故乡怀着深厚情感的画家,从20世纪70年代后期到80年代末的十多年中,江南水乡一直是父亲深入生活的基地,更是他笔下尽情表现的对象。他自然地将各种元素反复加以新的组合,或典雅或空蒙或抒情,从而得心应手地将江南水乡表现得生动而富有情趣。1990年之后,父亲的身体虽然已大不如从前,但他依然在思考如何将传统的笔墨糅合到自己的画面中去,在江南水乡的秀美上再加上一些朴拙的意味,我们从《江南新绿》等作品中可见端倪。父亲一生在艺术上永远是不断地思变,不断地进取,从不停步。太湖对父亲来讲,依然是一篇永远做不完的大文章。父亲画江南、画太湖,更是在画他自己。

(宋玉麟　江苏省国画院)

大运河文化研究

大运河文化("京杭大运河文化"),是一种社会现象,是大运河自开凿以来长期创造形成的产物。同时,大运河文化又是一种历史现象,是运河流域社会历史的积淀物。它囊括了中国若干个朝代的政治、经济、军事、文化等国家,又创造出大运河流域多民族的历史、地理、风土人情、传统习俗、生活方式、文学艺术、行为规范、思维方式、价值观念等非国家因素。大运河文化,是以黄河流域文化为核心,与海河、淮河、长江、钱塘江共同融合出的独特的江河文化,并与中原文化紧密相承。大运河文化在江苏地域内展现出了不同的文化风貌,将江南地方文化的钟灵毓秀与大运河的雄伟壮阔通过小说、诗词、人文精神等完美地融合在了一起。

◦“千古兴亡多少事，不尽运河滚滚流”

——大运河文化的形成与发展

一道碧水，千年国脉，京杭大运河是世界上开凿最早、里程最长的人工运河，是中国古代人民创造的伟大奇迹之一，其历史最早可追溯到春秋时期吴王夫差在公元前 486 年开凿的以邗城(今扬州)为起点至古末口(今淮安)的“邗沟”，第一次沟通长江、淮河两大水系，成为大运河的滥觞，迄今已历两千五百多年沧桑。

隋朝建立，随着经济重心不断南移，南北运输愈发重要。隋炀帝遂在即位当年即公元 605 年征发河南诸郡民工百余万，开凿从洛阳西苑到淮河南岸山阳(今淮安)的“通济渠”(汴渠、汴河)；同时征发“淮南民十余万”整修邗沟。公元 608 年，又征发河北民数百万开通从洛阳到涿郡(今北京)的“永济渠”。在江南地区则整治从京口(今镇江)到余杭(今杭州)间水道，形成长“八百余里，广十余丈”的“江南河”。历时六载，最终建成一条以洛阳为中心，北至涿郡南到余杭，贯通海河、黄河、淮河、长江、钱塘江五大水系，全长 2 700 多千米宛如“人”字的南北交通的大动脉。

为解决物资运输问题并进一步加强南北联系，元朝对大运河进行大规模整治。从公元 1282 年起，元政府先后新辟了山东境内的济州河、通州河、会通河，北京到通县的通惠河，由此大运河裁弯取直，不走河南，缩短了 900 余千米，形成如今纵贯南北 1 794 千米的格局。

明、清两朝又对大运河进行多次改造、疏浚和修缮。历经辉煌后，清朝中叶后大运河开始衰落。1949 年以后，经过半个多世纪的治理，大运河重新焕发了生机和活力。2014 年 6 月 22 日第 38 届世界遗产大会上京杭大运河获准列入世界遗产名录，进入新的发展阶段。漫长的岁月中，大运河在政治、经济、军事等方面发挥了不可磨灭的贡献，成为维护国家统一、促进发展的重要纽带，影响极其深远。

大运河不仅是一条运输通道，也是一条文化之河，汩汩流淌、千年不歇的运河之水，培育了独具特色的运河文化。大运河自身是绝好的图画。它所穿越的地区，原本风光秀丽，它的嵌入，给美景锦上添花：广袤的原野上碧波荡漾，帆樯点点，莺飞鱼跃，渔樵互唱，好一幅浓墨重彩的山水卷！

大运河既为创造两岸千姿百态的文化奠定了雄厚的经济基础，又将中国南北东西地区的不同文化汇总交融，创造出新的文化，既包括建筑、园林、文学、绘画、戏剧等雅文化，也包括各种日用器皿、民风民俗、民歌民谣、曲艺等俗文化，成为中华文明的“博物馆”“文化长廊”。

大运河还是中外文化交流之河。中华文化通过大运河向异域远播，同时异域文化也通过大运河传入中华大地。这种文化特点正如联合国教科文组织所概括的，它代表了人类的迁徙和流动，代表了多维度的商品、思想、知识和价值的互惠和持续不断的交流，并代表了因此产生的文化在时间和空间上的交流与相互滋养，这些滋养长期以来通过物质和非物质遗产不断得到体现。大运河的悠远历史常引发后人感慨。西晋陆机的《行思赋》中描述隋唐大运河的前身通济渠即汴渠道："背洛浦之遥遥，浮黄川之裔裔。遵河曲以悠远，关通流之所会。启石门而东萦，沿汴渠其如带。……挥清波以濯羽，翳绿叶而弄音。"

今天的大运河价值早已不是当年的漕运命脉，而是文化传承。大运河贯穿中国南北，通过一条穿越千年的长河将中国的文化交融，与纵向悠久的历史连接。大运河承载了中华文化的重要部分，大运河文化中展现了丰富的文学、历史、艺术、风土等中国文化元素，成为当代中国文化传承与发展的重要符号。

（谢世诚、周竞风　南京师范大学）

◦ 挽龙舟歌覆水调，隋堤柳色倾迷楼

——大运河文化中的诗文内涵探析

自隋代形成完整意义上的大运河起，对它的评价也就开始了。这种评价，同样凝结在诗文中。

对大运河，隋炀帝充满期盼，建成开通后，更是率先乘龙舟游幸江南，在目的地江都过着醉生梦死的生活，为此他亲自创作了大运河的颂歌《水调》。唐朝刘餗的《隋唐嘉话》称："隋炀帝凿汴河，自制《水调歌》。"《脞说》也说："《水调》《河传》，炀帝将幸江都时自制，声韵悲切，帝喜之。乐工王令言谓其弟子曰：'不返矣，《水调》《河传》但有去声。'"杜牧在《扬州》诗自注亦说："炀帝凿汴河成，自造《水调》。"虽然《水调》是开凿汴河前还是以后所制各家说法不一，但为炀帝自制则当无异辞。

直到各地民众、豪杰纷纷揭竿，其统治和生命行将就木前夕，还对宫人留别诗称："我梦江都好，征辽亦偶然。"可见在其心目中，开大运河、游幸扬州乃是超越一切的头等大事和政绩,实乃至死不悔。

《水调》诞生后,历代传唱不休。安史之乱爆发唐玄宗仓皇“辞庙”离长安前,还听了《水调》,痴迷程度不亚于炀帝。善唱《水调》的歌女永新乱中逃出宫廷教坊辗转流落扬州,卖唱谋生。而永新的铁杆歌迷金吾将军韦青此时也“避地广陵”,某月夜凭栏于小河之上,忽然听到舟中传出《水调》,立即判断是永新在演唱,随即登舟与永新相对而泣,恍如梦中,成为一段传奇佳话。

盛唐以降,《水调》仍如大运河之水汩汩流淌,并成为词牌《水调歌头》的来源,直到清朝仍余音袅袅,纳兰容若写了《红桥怀古》:“无恙年年汴水流,一声水调短亭秋。旧时明月照扬州。”足见《水调》仍被诗人念念不忘。

人民群众是物质财富和精神财富的创造者,然而在封建统治下,创造的成果多为统治者享用,创造过程如开挖大运河中的苦难,则皆由劳动者来承受:传言沿线白骨如莽,负责工程的麻叔谋素以残暴著称,不仅视开河民工如草芥,并有喜食小儿的恶习,以至现今在江淮一带吓唬小孩的话仍是“马乌子来了!”“马乌子”者,“麻胡子”——麻叔谋多髯之讹称也!

当隋炀帝穷奢极欲享受大运河之利、自制《水调》时,民众多对此河发出哀怨之声。如《隋炀帝挽舟者歌》控诉道:“我兄征辽东,饿死青山下。今我挽龙舟,又困隋堤道。方今天下饥,路粮无些小。前去三千程,此身安可保?寒骨枕荒沙,幽魂泣烟草。悲损门内妻,望断吾家老。安得义男儿,焚此无主尸。引其孤魂回,负其白骨归!”可谓一字一泪!

时光荏苒，人们对大运河及主持修建者的历史功过的评价和由此抒发的情感从未停止。对隋炀帝批判者仍呈现压倒之势。唐朝的诗人们此类作品尤多。李敬芳的《汴河直进船》："汴河通淮利最多，生人为害亦相和。东南四十三州地，取尽膏脂是此河。"胡曾的《隋堤柳》："千里长河一旦开，亡隋风浪九天来。锦帆未落干戈起，惆怅龙舟更不回。"罗邺的《汴河》："炀帝开河鬼亦悲，生民不独力空疲。至今呜咽东流水，似向清平怨昔时。"

最著名的当数白居易所写《隋堤柳》："……大业年中炀天子，种柳成行夹流水。西自黄河东至淮，绿阴一千三百里。大业末年春暮月，柳色如烟絮如雪。南幸江都恣佚游，应将此柳系龙舟。紫髯郎将护锦缆，青娥御史直迷楼。海内财力此时竭，舟中歌笑何日休？上荒下困势不久，宗社之危如缀旒。……龙舟未过彭城阁，义旗已入长安宫。萧墙祸生人事变，晏驾不得归秦中。土坟数尺何处葬？吴公台下多悲风。二百年来汴河路，沙草和烟朝复暮。后王何以鉴前王？请看隋堤亡国树。"

李商隐的《隋宫》也同样脍炙人口："紫泉宫殿锁烟霞，欲取芜城作帝家。玉玺不缘归日角，锦帆应是到天涯。于今腐草无萤火，终古垂杨有暮鸦。地下若逢陈后主，岂宜重问后庭花！"将隋炀帝与其亲手所灭的昏君陈叔宝相提并论，成为活生生的反面典型，可谓深刻。晚唐的罗隐和北宋的李纲更撰写了同名、同样蜚声千古的名作《迷楼赋》。现代学者王鸿也在一首关于扬州的歌词中写道"引得帝王抛江山，朝拜琼花盖迷楼"，在颂扬扬州和琼花魅力的同时也对隋炀帝的荒诞行径予以抨击。

但也有另一种显得冷静的视角，如唐朝皮日休的《汴河怀古二首》第二首写道："尽道隋亡为此河，至今千里赖通波。若无水殿龙舟事，共禹论功不较多。"在皮日休看来，隋炀帝对开凿大运河的历史贡献功不可没，如果不是因为修龙舟巡幸江都这种招致民怨沸腾之事，其功劳可与大禹治水比肩。他还在《汴河铭》中进一步阐发道："隋之疏淇、汴，凿太行，在隋之民，不胜其害也；在唐之民，不胜其利也。今自九河外，复有淇、汴，北通涿郡之渔商，南运江都之转输，其为利也，博哉！"

更为深入分析者当数明末清初的大学者王夫之，其在《读通鉴论》中进一步认为，统治者的恶、自利，包括秦始皇修长城、立郡县，隋炀帝开运河，在客观上却顺应了"道"，即历史发展要求，促进了此后社会的发展。这种见解，不仅深刻，而且也符合辩证唯物主义和历史唯物主义的观点。

（谢世诚、周竞风　南京师范大学）

◦ “臣心一片磁针石，不指南方不肯休”

——大运河文化中的人文精神

在反映大运河河畔所发生的云诡波谲的历史风云，抒发千古兴亡胸臆的诗文中，南宋文天祥所作的两度沿运河北行的系列诗歌应为翘楚。

1276年正月，元军兵临临安（杭州），文天祥奉命前往谈判，被扣俘并胁挟北上，沿大运河经苏州、无锡、常州达京口，乘机得脱，经瓜洲（镇江）、奔真州（仪征）、扬州趋高邮等处，兴师抗元。其《指南录》中诗文对此段大运河之行多有记述。如《渡瓜洲》：“跨江半壁阅千帆，虎在深山龙在潭。当日本为南制北，如今翻被北持南。”《出真州》：“瓜洲相望隔山椒，烟树光中扬子桥。夜静衔枚莫轻语，草间惟恐有鸱鸮。”在高邮城外所作《发高沙》：“晓发高沙卧一行，平沙漠漠水茫茫。舟人为指荒烟岸，南北今年几战场。”随后又辗转渡江赴临安，所写《扬子江》：“几日随风北海游，回从扬子大江头。臣心一片磁针石,不指南方不肯休。”孤忠气节,力透纸背。

1279年,此前一年已再度被俘的文天祥在广东崖山目睹了南宋朝廷最后覆灭亡国惨状后,被押解至大都。此行先由古驿道入江西,渡鄱阳湖入长江,顺流而东至建康(南京)。八月廿四从建康启程沿江东下至真州,从仪扬运河入扬州北上,此段行程皆乘舟。头枕运河波涛,目睹已易色的大好河山,他又写下了多首抒发亡国之痛的诗篇。

如《维扬驿》:“三年别淮水,一夕宿扬州。南极山川古,北风江海秋。昭君愁出塞,王粲怕登楼。千载英雄泪,如今况楚囚。”从扬州北上,作《过邵伯镇》:“今朝车马地,昔日战争场。……回首江南路,青山断夕阳。”离高邮北上,作《发高邮》:“……我今载南冠,何异有北投。不能裂肝脑,直气摩斗牛。但愿光岳合,休明复商周。不使殊方魄,终为异物羞。”“不能裂肝脑”,表现了对自己无法自杀殉国的遗憾。

从楚州(淮安)城外渡淮河后,文天祥一行沿古泗水入淮通道(亦即此后京杭运河的中运河段)向西北前行。此段因河道淤塞、变迁,多陆行。此间他感慨淮北衰败,在《徐州道中》诗中记述由于黄河夺泗、夺淮后黄泛区风沙弥漫的荒凉:“彭城古官道,日中十马驰。咫尺不见人,扑面黄尘飞。”军事重镇徐州“遗民死欲尽,莽然狐兔丛。……如此独巽和,悲风逐征鸿”。而此时此地已充斥“时时逢北人,什伍扶征鞍”(《发淮安》)的一派异族、异国统治的风光。

故国山河悄然“换了人间”,文天祥悲愤交加,写下《燕子楼》。徐州燕子楼原是唐朝镇守此地的节度使张愔为爱妾关盼盼所建。张愔死后,关盼盼拒绝了众多的求婚者,在楼上度过了寂寞孤独的后半生。诗写道:“自别张公子,婵娟不下楼。遂令楼上燕,百岁称风流。……因何张家妾，名与山川存。自古皆有死，忠义长不没。但传美人心，不说美人色。”诗人借颂扬关盼盼，表达为南宋尽忠的悲怆愫怀。

此外，文天祥又在《平安》中讴歌安史之乱时坚守陵县的颜真卿和其堂兄、被俘后痛斥安禄山不屈而死的颜杲卿的功绩和气节：“平原太守颜真卿，长安天子不知名。一朝渔阳动鼙鼓，大河以北无坚城。公家兄弟奋戈起，一十七郡连夏盟。贼闻失色分兵还，不敢长驱入咸京。明皇父子将西狩，由是灵武起义兵。唐家再造李郭力，若论牵制公威灵。哀哉常山惨钩舌，心归朝廷气不慑”，鞭挞构陷他们的佞臣，“当年幸脱安禄山，白首竟陷李希烈。希烈安能遽杀公，宰相卢杞欺日月”。但历史做出公正评判：“乱臣贼子归何处？芒芒烟草中原土。公死于今六百年，忠精赫赫雷行天。”这也是对南宋朝廷奸佞的批判。

出山东，入河北，同样依此后疏浚、开通的大运河御河段而行。文天祥所作诗篇更表明已将生死置之度外，“反身以自观，须弥纳一芥。以此处死生，超然万形内”。(《献州道中》)“空有丹心贯碧霄，泮冰亡国不崇朝。小臣万死无遗慨，曾见天家十八朝。”(《河间》)

十月初一文天祥到达目的地——大运河的北端大都。虽身陷囹圄，但他坚信“天地垂日月，斯人未云亡。文武道不坠，我辈终堂堂”，(《白沟河》)直至三年后(1282)十二月初九引颈受戮，从容就义，实践了其“为其义尽，所以仁至，而今而后，庶几无悔”的誓言。

诗言志。文天祥的两次大运河之旅留下的诗文，可谓是“留取丹心照汗青”不朽精神的写照。

（谢世诚　南京师范大学）

◦ 运波漾漾映红楼

——大运河文化中的“红楼”色彩

不朽的艺术丰碑《红楼梦》中，荡漾着大运河的不歇涛声，可以说作者曹雪芹就是运河之子，其曾祖曹玺、祖父曹寅、姑祖李煦、父亲曹頫三代四人相继任江宁织造或苏州织造达 65 年之久，活动于南京、扬州、苏州、杭州等处，从大运河南来北往。曹雪芹青少年时期在大运河畔多留有身影。雍正、乾隆两朝，曹家遭变故后，曹雪芹举家从南京迁徙回北京，先后在通州运河边的三教庙、西山落脚。其间又曾短暂回南京谋生，来去走的都是大运河。

《红楼梦》的内容与大运河密不可分，它大量描写了运河城市。第一回即提到苏州，“按那石上书云：当日地陷东南，这东南一隅有处曰姑苏城，有城曰阊门者，最是红尘中一二等富贵风流之地”。第二回介绍林黛玉父亲林如海“乃是前科的探花，今已升兰台寺大夫，本贯姑苏人氏，今钦点为巡盐御史”，引出了又一座运河名城。

紧接着写贾雨村偶至郊外看到一座庙宇“门巷倾颓，墙垣剥落，有额题曰‘智通寺’。门旁又有一副破旧的对联云：‘身后有余忘缩手，眼前无路想回头’”。这段描写虚实相间：智通寺实指“智禅寺”，又名“上方寺”“竹西寺”，旧址在扬州城东北，原为隋炀帝行宫，后改建为寺。唐文宗年间杜牧前去探望患眼疾寄居其中的弟弟时写下了《题扬州智禅寺》一诗，门旁对联即是书内这一副。

第十六回写为迎接元春省亲而“下姑苏聘请教习，采买女孩子，置办乐器行头”。大观园中又多有扬州、苏州、杭州园林的影子。第二十六回写薛蟠附庸风雅，自称看过“庚黄”的春宫画。原来“大爷一时眼花”，将著名的苏州才子、书画家唐寅念成了“庚黄”。第六十七回写薛蟠从江南回京，带给薛宝钗的一箱礼物中“外有虎丘带来的自行人，酒令儿，水银灌的打筋斗小小子，沙子灯，一出一出的泥人儿的戏，用青纱罩的匣子装着”；还特别提到苏州的泥塑绝活：“又有虎丘山上泥捏的薛蟠的小像，与薛蟠毫无相差。”出神入化，逗得薛宝钗也忍俊不禁。第五十一回薛小妹新编怀古诗，内有《淮阴怀古》《广陵怀古》所述地方皆是运河城市。而《赤壁怀古》《钟山怀古》《桃叶渡怀古》所述地方也都与运河息息相关。

《红楼梦》中的人物同现实中的曹家一样，不断沿着大运河来来往往。第三回写林黛玉、贾雨村是从扬州“登舟而去”北上投靠贾府的。第四回写贾雨村复任金陵应天府尹徇私放过犯下命案的薛蟠，使之大摇大摆进京。第十二回又写道“这年冬底，林如海因为身染重疾，写书来接黛玉回去，……作速择了日期，贾琏同着黛玉辞别了众人，带领仆从，登舟往扬州去了”。随后贾琏、林黛玉送林如海棺柩回苏州。第十六回写贾琏、林黛玉和进京引见的贾雨村乘舟昼夜兼程回到北京。

第五十七回写紫鹃哄骗贾宝玉称,林黛玉家要接其南返苏州,吓得贾宝玉精神错乱,“一眼看见了十锦槅上陈设的一只西洋自行船,便指着乱说:‘那不是接他们来的船来了?湾在那里呢!’”取下后“宝玉便掖在被中,笑道:‘这可去不成了!’”反映京城、江南来往主要依靠运河乘船,这已是当时主要方式。

《红楼梦》还记述了与大运河相关的一系列往事。第十六回中赵嬷嬷说当年“咱们贾府正在姑苏扬州一带监造海舫,修理海塘,只预备接驾一次,把银子都花的淌海水似的!”“还有如今现在江南的甄家,嗳哟哟!好势派!独他家接驾四次。”王熙凤也说她爷爷那时在金陵“专管各国进贡朝贺的事,凡有外国人来,都是我们家养活。粤、闽、滇、浙所有的洋船货物都是我们家的”。所以有“东海少了白玉床,龙王请来金陵王”之说。

这段话透露的信息有:康熙南巡;清朝海外贸易、朝贡体系;苏州、扬州的造船业——皆围绕着大运河进行的。第二十六回写五月初三日薛蟠生日,其手下“不知那里寻了来的,这么粗这么长粉脆的鲜藕;这么大的西瓜;这么长一尾新鲜的鲟鱼,这么大的一个暹罗国进贡的灵柏香熏的暹猪”。这些稀罕物品绝非当时京城自有,应都是从运河运载而来。第四十二回谈及黛玉读的《牡丹亭》《西厢记》,也多是先在江南流行,再逐步沿大运河传到北方的。

《红楼梦》中的饮食也多与大运河关联。如“茄鲞”,据邓云乡先生在《红楼风俗名物谭》中考证,应从古人行路途中食用的“路菜”衍变而来，可像鱼鲞一样久存。曹家久任织造职，常从运河往返于江南和北京，需用“路菜”，曹雪芹即将记忆深处的这些美味移植到了大观园宴席上。再如贾府厨房春天有南京时兴的芦蒿、枸杞芽，秋天有江淮的螃蟹。袭人曾按宝玉吩咐送给湘云新鲜的红菱、鸡头、桂花糖蒸新栗粉糕，红菱即来自苏州的太湖特产水红菱，鸡头指苏州“水八仙”之一的鸡头米，以葑门外南塘产的最著名，有“南塘鸡头大塘藕”之说。

从某种意义上说，《红楼梦》主要是写作者在南、北两京以及运河名城苏州、扬州等地的经历见闻，大运河成就了《红楼梦》，也可以说，没有大运河就没有《红楼梦》。

（周竞风　南京师范大学）

○ 魑魅魍魉来何处？

——《聊斋志异》中的运河文化

清代著名的志怪小说《聊斋志异》，塑造了众多的鬼、怪、仙形象，这些魑魅魍魉来自何处？从某种意义上说，是从大运河里“爬”出来的。

作者蒲松龄与大运河甚有交结。蒲松龄出生于山东省淄川县洪山镇蒲家庄，19 岁时考中秀才，但随后仕途淹滞。1670 年下半年其命运与大运河开始正式连接。当时他已年过三十，两次乡试未中，“家贫不足自给”，遂应同乡、同学、好友江苏宝应知县孙蕙之邀，前往做幕宾。翌年 3 月 28 日孙蕙调署高邮知州仍兼宝应知县。蒲松龄乃陪孙蕙往返于宝应、高邮这两座大运河河畔小城之间协理公务，是年秋因不满官场生活，毅然辞幕返归山东故里。在大运河河畔待的这一年多时间，对蒲松龄其后的文学创作产生了十分重要的影响，特别为他创作《聊斋志异》提供了大量的写作素材，直接激发了聊斋故事的产生。

蒲松龄实际领略了大运河的野性和暴力。高邮城郊马棚湾的清水潭是大运河最危险的地段之一。康熙帝六次南巡皆来此视察。蒲松龄来高邮的当年夏天，清水潭再次决口，他和孙蕙组织官民成功抢险，其间写下了《清水潭记》等诗文，表达了要学“精卫衔石”一样把决口堵实修好，从此“千秋万世不为灾”的愿望。

在宝应近一年的日子，对其文学创作影响最大的应是那里的民间故事和文学底蕴。宝应境内湖荡草滩众多，其上墓冢累累，特别是县城北郊的“松冈”，又称芦松墩，是墓地和刑场，夜晚时时能见“鬼火”(磷火)飘荡，狐、兔出没，故当地民间谈狐说鬼习以为常，流传着许许多多、形形色色的狐精与鬼怪的故事。蒲松龄公务之余常与社会各阶层人士接触，收集了这一带的大量民间故事、异事奇闻，将《宝应历代县志类编》中记载的传说与《聊斋志异》篇章相对照，可以发现多有“似曾相识”，足以说明这是《聊斋志异》的“流”。

而《聊斋志异》的“源”又是他在这两地亲历亲睹的清代官场黑暗，吏治腐败，仕途险恶，民生困苦诸况。1671 年 2 月，他在宝应县衙内宅曾对淄川老家亲朋说：自南来宝应以后，涉足官场，亲眼所见如骨鲠在喉，不吐不快，正有许多文章要写！但卑微的社会地位、清代文字狱的严酷环境不允许他秉笔直书，所以只能将现实移到了纸上，将真人真事化为虚幻，《席方平》《鄷都御史》《伍秋月》《娇娜》《秦桧》《聂小倩》《梦狼》等小说，均带有相当一部分当时高邮、宝应社会背景的烙印和黎民百姓生活的痕迹。

《聊斋志异》中有相当一部分内容涉及爱情。这也与蒲松龄大运河畔的“艳遇”有关。在高邮期间,他邂逅了孙蕙新纳的小妾顾青霞这位妙龄女子,不仅因其年轻貌美,更为其善良温柔、能歌善舞、多才多艺的不凡气质所深深吸引,但格于道德、地位而可望不可即,只能将此情藏于胸臆,付诸笔端,化作《聊斋志异》作品中一系列善良美丽的女性鬼怪形象,《连城》《宦娘》《绿衣女》等名篇中都可以看到顾青霞的影子。这些现实经历,与《聊斋志异》揭示生活中的真实矛盾,歌颂真善美、鞭挞假恶丑的思想特色完全一致,足以证明蒲松龄从大运河河畔获得了相当多的艺术滋养。回山东后,蒲松龄也未远离大运河。他曾数次到大运河边的“江北水城”东昌府聊城继续撷取创作素材。城内的东昌湖风光旖旎,相传《胭脂》就是用湖边所得素材写成,“东昌卞氏,业牛医者,有女小字胭脂,才姿惠丽”,东昌湖此后遂有“胭脂湖”的别称。

《聊斋志异》还有不少作品反映了当时运河沿岸的临清、德州、济宁等城镇的繁荣景象。如《任秀》写任秀随张姓表叔从大运河水路进京,当来到著名的运河码头临清时,看到一片繁华景象:“时盐航舣集,帆樯如林。卧后,闻水声人声,聒耳不寐。”若干作品又涉及17世纪明末清初南来北往商业经济活动的情景,如《黄英》中写道:“马子才,顺天人。世好菊,至才尤甚,闻有佳种必购之,千里不惮。一日有金陵客寓其家,自言其中表亲有一二种,为北方所无。马欣动,即刻治装,从客至金陵。客多方为之营求,得两芽,裹藏如宝。”《张老相公》中则写道:“张老相公,晋人。适将嫁女,携眷至江南,躬市奁妆。舟抵金山,张先渡江,嘱家人在舟,勿爆膻腥。”从山西到江南的路线必然会经走大运河。买嫁妆到江南,更说明当时江南商品经济发达,天下闻名。

《聊斋志异》中的《司文郎》则反映了明清科举中南北士子的恩怨情结,来北京乡试的余杭生看不起山西平阳的同考士子王平子,“朝夕遇之,多无状”,攻讦“山左、右,并无一字通者”,他因之被自称山东登州(蓬莱)人的宋姓游魂抑郁:“北人固少通者,而不通者未必是小生;南人固多通者,然通者亦未必是足下。”若干年后,王平子乡试、会试得捷,赴南京途中遇见余杭生,此时余杭生则谦逊多了。蒲松龄意犹未尽地在故事后说道,“异史氏曰:余杭生公然自诩,意其为文,未必尽无可观,而骄诈之意态颜色,遂使人顷刻不可复忍。天人之厌弃已久,故鬼神皆玩弄之”。这种恩怨由来已久,明清时更加尖锐,但大运河滋润的江南地区士子一直在科举中独领风骚,常占鳌头,则是无法否定的客观事实。

(谢世诚、周竞风　南京师范大学)

○ 弘扬淮安特色文化要做到“三个提升”

淮安是历史文化名城，有着悠久的历史和灿烂的文化底蕴，众多的历史文化名人为中国的历史文化做出了杰出的贡献。作为文化人，要把握文化内涵，讲好淮安故事，做到以下“三个提升”。

提升淮安文化的软实力。运河文化、西游记文化、美食文化、红色文化、周恩来精神都是我们宣传和弘扬的文化品牌，也是淮安这一历史文化名城靓丽的文化名片。要把这些名片擦亮，在充分研究淮安文化内涵上下功夫，让淮安的历史文化能够家喻户晓，让淮安的文化故事能够走出淮安、走向全国、走出国门。一是要挖掘淮安文化资源，写好淮安故事。通过宣传发动，进一步提炼淮安“水文化”的丰富内涵，让淮安人写好淮安故事，这需要我们推动引领和组织。二是要搭建淮安文化舞台，唱好淮安文化大戏，这需要我们文化人创新思路、创新方法、创新手段，唱出具有淮安特色的样板戏，引领和带动淮安经济的发展。三是要整合现有文化资源，推介淮安文化项目。淮安近些年在文化资源的利用上做了大量的工作和创新，取得了一定的成绩和实效，也有许多具有一定影响的淮安文化项目，如周恩来文化读书节、百姓文化节、周信芳戏剧节等许多项目深入人心，如何能够进一步地整合现有资源，将一些品牌项目推介出去，走出淮安，扩大淮安的知名度和美誉度，需要我们不断创新。

提升淮安文化的创造力。公共文化服务体系建设重点在投入，难点在基层。长期以来，由于重视不够，责任主体不明，主体责任未落实等原因，基层一直存在公共文化设施缺乏，资源总量不足，布局不合理等问题。针对这些问题，国家出台了《中华人民共和国公共文化服务保障法》，江苏省也出台了相关政策与意见。我们要进一步理顺关系，科学规划，合理布局，同时要盘活存量，整合资源，按照标准建设基层综合性文化中心，使基层综合性文化中心建设真正落实落地。首先要加大投入，逐步推进，在“实”字上做文章。要合理规划公共文化设施的布局，实现公共文化设施对人口的全覆盖。按照公共文化设施建设标准，完善财政补助政策，建立资金投入机制和奖励补助机制，带动公共文化设施建设。其次要激发创造，提升品质，在“新”字上做文章。要运营好公共文化设施，提高设施的利用率，使老百姓受益，要用丰富的文化活动凝聚人心，要激发文化人创造创新的热情，举办贴近百姓生活的系列文化活动，提升文化活动内在品质，丰富老百姓的文化生活。再次要贴近生活，普惠百姓，在“长远”上做文章。文化惠民活动要贴近老百姓的文化需求，吸取社会力量和文化志愿者队伍共同参与文化活动，真正使文化活动围绕百姓，突出百姓，普惠百姓。

提升淮安文化人的凝聚力。加强公共文化服务建设，满足人民基本文化生活需求是文化工作者应尽的义务和责任，必须充分挖掘全体文化人员工作的潜力和能力，进一步提升淮安文化的凝聚力、向心力。配强班子骨干，带领团队高起点地谋划工作，合理选拔人才，使用人才，人尽其才，充分调动人才的积极性、主动性、创造性，形成一个团结协作、各尽其能的优秀团队。同时要拓展选人用人的渠道，培养吸收更多更优的专业技术人才。制定和出台引进培养优秀公共文化人才的政策，尤其是亟须引进和培养高端的公共文化人才；广泛开展文化艺术培训，加强对基层文艺人才的挖掘和培养，吸引优秀的基层文化工作者加入到公共文化服务机构中来。此外，还要培育发展文化志愿者队伍，增加基层文化机构的机动力量。完善文化志愿者注册招募、服务记录、管理评价和激励保障机制，构建参与广泛、内容丰富、形式多样、机制健全的文化志愿者服务体系。

（寿新浩　淮安市文化广电新闻出版局）

◦ 挖掘楚汉文化精髓　打造城市文化品牌

徐州历史悠久,文明灿烂,具有五千多年文明史和两千六百多年建城史,是两汉文化的渊薮,也是彭祖故国、刘邦故里、项羽故都,有着“东方雅典”美誉。在漫长的历史演进过程中,以徐州为代表的楚汉文化在扬长避短、兼收并蓄、逐步嬗变中形成“刚强雄浑、恢宏大气、崇文尚武、勇于竞争”的特性和独具特色的文化流派体系,楚汉文化系统成为城市经济社会发展的不竭动力。

品牌让城市文化有深度,文化品牌常常成为一座城市的精神象征。中共徐州市委第十二次党代会报告明确提出,“十三五”期间,要全力打造区域性经济、商贸流通、科教文化、金融服务“四个中心”,增强徐州作为淮海经济区中心城市的辐射带动能力。我们认为,建设淮海经济区文化中心,就是要充分发挥徐州文化底蕴深厚、文化资源丰厚、产业基础雄厚等优势,加快打造“文化要素集聚、文化事业繁荣、文化产业发达和文化创新活跃”的区域性文化中心城市。

提升文化站位高度。明确和赋予两汉文化在文化中心建设中的主导地位,拓展两汉文化的价值空间,整合其他流派文化和区域文化,把打造“舞动汉风”文化品牌作为建设文化中心的龙头工程来谋划推进,全面实施“汉之赋”“汉之源”“汉之韵”三大行动,创造一批文艺精品,打造一批文化地标,加强文化传承保护,做好做活汉风文化元素在城市规划、建设管理和形象营销等方面的植入,全面推介展示汉文化风情。

加快项目实施进度。着眼于提高文艺精品渗透力,加快推出《汉学大系》《徐州通史》等传承历史文脉、彰显城市精神的文学著作。组织实施“戏曲艺术五年振兴计划”,加快编纂《徐州戏曲史》,创作推广汉乐表演剧《汉乐华章》等舞台精品。深入挖掘整理汉代音乐,在汉代乐曲、汉代乐器、汉代服饰等方面精心研究,力争打造出江苏省独一无二,甚至在全国有影响力的汉代音乐舞台艺术团体,再现汉代艺术,再展汉代雄风,再促文化繁荣。

加大品牌营销力度。办好“中国徐州汉文化旅游节”“中国沛县刘邦文化节”等,加快建设龟山博物馆景区、汉画像石解密体验馆,编纂出版《汉学大系》系列丛书,充分展示和解读汉文化精神、美德与智慧;发挥“彭城画派”研究会、淮海文博园、李可染艺术馆、张立辰艺术馆等平台作用,精心组织区域城市间书画作品巡展、交流展,提升“书画徐州”知名度;深入挖掘山水文化、书画文化、军事文化、道教文化、佛教文化、武术文化等文化资源,让徐州的历史文化特色都得到充分的张扬和展现,使“舞动汉风”文化品牌更具丰富的人文内涵和空间张力。

感知城市文化温度。惠民，让城市文化有温度。文化，不只是高高在上的“精神食粮”，更是接地气的惠民举措。要加快保障和改善文化民生，大力构建覆盖城乡、辐射周边的公共文化设施网络，注重以消费的手段来推动文化的推广和普及；要加快发展大众性文化消费，开发中高端文化消费，培育特色文化消费，形成分众化的文化消费增长点，大力兴建适合群众的文化消费场所；要加快推进徐州文化艺术中心、市民文化活动中心、城区文体中心等一批重大项目建设，着力完善现代公共文化服务体系，办好“动感彭城”“舞动乡村”“城乡文化对对碰”等群众文化品牌活动，让全市人民更多更好地享受文化发展成果。

（艾新建　徐州市文化广电新闻出版局）

○ 汪曾祺的“里下河文化”

里下河地区，从地理意义上讲，是江苏省中部沿海江滩的一小块湖洼平原，该平原地区西起里运河，东至串场河，北自苏北灌溉总渠，南抵新通扬运河。而从当地民间的“定义”来看，则是指江苏苏中地区里河与下河之间的区域空间，也有人将其简称为“运河文化”。从整个中国的地理疆域版图来审视，这一块地区的面积非常之小。但是这里却诞生了中国现代文化中的一种特殊乡土文化——“里下河文化”。作为“里下河人”的汪曾祺，用他的散文和小说，将“里下河文化”以现代文学的形式温情地展现，而里下河文化又为汪曾祺先生的创作提供了基础的素材。汪曾祺与“里下河文化”紧密相连。

汪曾祺，有人将其称为中国最后一个士大夫，其文学作品中充满了浓厚的儒家文化，同时兼具了道家文化的韵味与文人画般的意境。有人将其与秦观并称，称高邮地区“古有秦少游，今有汪曾祺”，这充分体现了汪曾祺在里下河地域文化中的影响力。作为高邮人的汪曾祺,自幼生活在属于淮扬吴文化圈的里下河地区,他将里下河经济繁荣、人文厚重而又远离政治是非的文化特征,融入到了其作品之中,一种包含乡土气息却又精致美观的文化形态被他表现得淋漓尽致。汪曾祺的作品从市井小民入手,结合“街谈巷语,道听途说”,夹杂众多苏中俚语,将小人物的生活状态进行组合,展现了一幅近代中国“里下河文化”的灿烂画卷,如《故里三陈》《受戒》《大淖记事》《岁寒三友》《叶三》《八千岁》《异秉》等,如同回到了《诗经·国风》中关注小人物、关注平民百姓的文学传统。汪曾祺将现代文学与古代文化、市民文化充分融合,摆脱了历史叙事的视角,更多地从微观角度出发。他的作品中充满了“家长里短”“喜怒哀乐”,也将各种地方美食“摆满”其中,鲜活的地方文化跃然纸上,因而他的作品文化韵味独特,现当代的很多作家也深受汪曾祺先生的影响。

关于“文化”的定义各不相同,“文化”也衍生出众多不同的内涵。毛主席为我国的文化发展定调为“民族的、科学的、大众的”,而以汪曾祺为代表的“里下河文化”小说与散文作品将“文化”,特别是江苏苏中文化体现为地域文化、民间文化与文学艺术相交融的产品,充分体现了文化的民族性和大众性。汪曾祺自认为是一个乐观主义者,他对于生活的信念是朴素的:“人类是有希望的,中国是会好起来的。我自觉地想要对读者产生一点影响的,也正是这点朴素的信念。”文化作品要有益于世道人心,世俗的社会是千姿百态、苦辣酸甜的,即使有困苦,也要用乐观积极的态度去化解它。汪曾祺将“里下河文化”解读为劳动者勤劳快乐、热爱生活的文化,以广大劳动人民的生活状态来展现地区文化,以人民日常生活中的各种具体表现来具化文化精神。

习近平总书记在党的十九大报告中明确指出:“文化是一个国家、一个民族的灵魂。文化兴国运兴,文化强民族强。”中华民族的大文化是由不同地区的文化共同组成的,地区文化的繁荣与发展直接关系到新时代中国特色社会主义文化的发展。同时,中华文化也是由人民群众的文化组成的,是人民文化的体现。江苏文化的地区性较为突出,需要通过合理的分类与整理,既要突出更多的“里下河文化”,也要培养更多的“汪曾祺”,将江苏地区文化的丰富内涵充分融入到中华文化灿烂的华章之中。

(邱实　南京师范大学)

◦ 从“惠山泥人”的境遇到地方传统文化振兴

“一样峨眉夕照妍，桃花含雨柳含烟；青山有意恋黄土，莫误婵娟却聘钱”，这首清人的诗描写的是江苏地区的一样“特产”——无锡惠山泥人，一个集地方文化与民间艺术的工艺品。

无锡惠山泥人是江苏地方艺术与民间文化的经典代表，它脱胎于惠山钟灵毓秀的黑色黏土，经数代手艺人不断雕琢，制作技艺丰富、种类繁多，多表现传统戏剧形象，富有地方特色和民间气息。明朝张岱在《陶庵梦忆》中有记载：“无锡去县北五里为铭山。进桥，店在左岸，店精雅，卖泉酒、水坛、花缸、宜兴罐、风炉、盆盎、泥人等货。”更是将泥人在市场上的地位与水坛、花缸等家庭实用工具相等同。可见在无锡，泥人俨然成为了家喻户晓的文化符号。

在各类技术飞速发展的现代社会，惠山泥人依旧保留着千百年来发展的痕迹，并且技艺上更加精进、体裁上更加丰富，如今它夸张鲜活的色彩、饱满圆润的外形比我们往日在照片上见到的更加惊艳。

但是随着时代的发展,这种江苏地方的传统民间艺术与文化符号似乎已经不再受到主流社会的关注。如今的无锡惠山泥人博物馆,垂花门与青石路依旧,但是已经不见了往日络绎不绝的参观者。曾经在铺子里出售的惠山泥人似乎正在从“下里巴人”走向“阳春白雪”,它真的开始“曲高和寡”了吗?

通过调查发现,一方面,惠山泥人盛名在外,在明清时期早已声名大噪,与天津泥人张齐名。身为古老的祠堂文化的产物,惠山泥人是惠山脚下看守祠堂的祠丁按照祠堂祭奠的戏文所创作出。后来从市场上常见的大小阿福中又取一个“福”字作为中心意象,结合其圆满的造型和锦鲤、如意等意象,寄托了人们对生活的美好期望。

另一方面,惠山泥人在普通大众的日常生活中却遭到冷遇。作为曾经的民俗缩影,惠山泥人所寄托的精神内涵仍然在延续,可是当年泥人铺前的车水马龙早已经远去。惠山泥人的文化根源——祠堂文化也在逐步淡出人们的视野。由此可以看出,以惠山泥人为代表的一大批地方文化与民间艺术衰落的原因,是其本身没有充分适应现代化条件下人民群众的文化需求与审美发展,所以地方文化需要在现代文化发展的背景下重新振兴。

习近平总书记指出,“不忘历史才能开辟未来,善于继承才能善于创新。优秀传统文化是一个国家、一个民族传承和发展的根本,如果丢掉了,就割断了精神命脉”。因此,地方文化的振兴成为了当代中国社会主义文化发展的一个重要目标。以无锡泥人为代表的地方文化遭遇的“冷落”,在一定程度上反映了传统文化在现代化大潮中的衰落。

作为中华民族传统文化的重要组成部分，地方文化的振兴必须要通过更加合理的方式融入到现代社会之中。而这种合理的方式就是要将其重新"植入"到民族的、大众的文化中去，为人民群众的文化事业服务。

《光明日报》刊载的一篇评论中认为，讲究意象、传神当然是一种文化，但"润物细无声"，从群众中来，到群众中去也是一种文化，没有后一种文化，前一种文化难以生存。所以，以惠山泥人为代表的一大批优秀的地方传统文化与民间艺术，在中国特色社会主义文化发展的背景下，要依据现代发展的要求，重新融入到人民群众的日常生活中去，以人民群众的审美为标准，建立起全新的地方文化表现形式，这才是中国传统文化的可持续发展道路。

（王思懿　南京师范大学）

○ 辉煌灿烂的六朝石刻艺术

在漫漫历史长河中，六朝既是一个乱世，也是一个星辰灿烂的时代。从公元3世纪初到6世纪末，中国南方的孙吴、东晋和刘宋、萧齐、萧梁、南朝陈六个朝代，先后建都于今天的南京，在历史上被称作“六朝”。

六朝时期，除了西晋短暂统一中国之外，绝大多数时间处于南北分治的状态。相比于战乱频仍的北方，南方地区相对安定，经济、文化、宗教、艺术和科技均得到长足发展，造就了上承秦汉、下启唐宋的六朝文化，与同时期的古罗马文化交相辉映。

六朝时期的石刻，主要包括陵墓石刻、佛教石刻和纪念性石刻。陵墓石刻又分为地面石刻，如石兽、石柱、石碑等，墓穴中的墓志、地券，以及营建地下建筑的石雕构件如墓门、压顶石、棺底座、石兽首等地下石刻。其中尤为世人熟知的，是雕刻于这一时期、竖立在皇帝和王侯陵墓前的墓前方、神道两旁的地面石刻，亦即“神道石刻”。它们位于江苏省境内,其中年代最早的距今已有约1 500年。

中华人民共和国成立后,经过考古工作者的不懈努力,又陆续发现了多处六朝石刻遗存。近年来,由于城市开发、考古发现、文物保护等因素,六朝石刻的数量又有一定的变化。据统计,目前仍能寻访到的六朝石刻遗存共有42处。其中,在南京原址保存的有20处,在丹阳原址保存的有12处,在句容原址保存的有1处,有9处石刻已经不在原址,现藏于南京、丹阳和苏州等地的博物馆。

白云苍狗,岁月悠悠。那些帝王将相的尸骨早已荡然无存,但曾经守卫着他们陵墓的神兽石刻,依然矗立在大地上,散发出无穷魅力,令人景仰赞叹、流连忘返。

六朝石刻的形成、发展和演变,与当时的社会环境息息相关、互动密切。六朝石刻艺术的形成,是当时的思想文化、经济发展、科学技术和审美观念共同影响的结果,在美学和工艺两个层面上均超越前代,达到了一个更高的境界。东汉时,石兽的高度一般在1米左右,而六朝时,甚至出现了高度在3米以上的大型石刻。这一时期,在儒家思想生生不息之时,玄学兴盛、佛教流传,并出现了较为系统的艺术理论。作为一种"立体"的绘画艺术,六朝石刻深受当时绘画风格的影响,注重形体的塑造、线条的流畅、刻画的细致,和北朝石刻趣味相异。

六朝文学强调音韵排比之美,从肃立如仪的石刻身上也可看出时代的审美特点。六朝陵墓大多坐北朝南,神道石刻一般为三种六件,包括石兽一对、石柱一对、石碑一对,依次两两相对排列,呈现出一种对称与和谐之美。其中,石柱一般位于神道入口处,柱额上的文字,一个为自左至右,正书顺读;另一个为自右至左,正书逆读或反书逆读;两只石兽中,如果一只头向右扭、左足前迈、尾向左旋,另一只必定是头向左扭、右足前迈、尾向右旋;石碑的龟趺,一只为左腿稍稍前伸,另一只必定为右腿稍稍前伸。

当时的上层人士普遍追求享乐,反映在石刻创作中,就出现了优雅繁复、浪漫多姿的艺术风格。同时,佛教的传入,也带来了具有佛教特色的雕塑艺术,与中国传统的审美文化相结合,融入六朝石刻的创作实践。

著名美学家宗白华这样评价古希腊的石刻艺术,“它们清丽高雅、庄严朴质,尽量表现和谐、匀称、整齐、凝重、静穆的形式美”。这句话,同样可以用来形容六朝石刻。

在六朝石刻特别是石兽的创作中,运用了“虚实结合”的审美原则,不刻意追求形象的逼真客观,而注重内在精神的艺术表现。“虚”和“实”在六朝石刻中辩证统一,点、线、面、体交织结构,表现出飞舞生动的整体气韵。“物体形象宛然在目,然而飞动摇曳,似真似幻。”

目前,地方政府和有关部门不断加大对六朝石刻的保护力度。一方面对石刻的周边环境维护出新,修建亭子、加盖玻璃罩,例如万安陵石刻、方旗庙石刻、萧宏墓石刻等;另一方面修缮周边环境,建设绿地,安装摄像探头,例如萧融墓石刻、萧恢墓石刻,以及丹阳地区的石刻等。此外,一些地方构建了田野文物报警员工作网络,定期对石刻进行巡查。

六朝石刻的考古研究与保护,仿佛车之双轮、鸟之双翼。审视当下、展望未来,作为一项综合性工程,六朝石刻的研究、保护与开发利用工作,必将书写出更精彩的篇章。

(薛巍　南京报业传媒集团)

当代文化文艺评论

当代文化文艺是新时代社会文化发展的重要体现，除了传统中国文化的现代发展外，还兼容并包了各种“舶来”文化，通过中外文化融合，形成了全新的现代性文化表现形式。当代文化文艺与现代社会的发展是高度同构的，是当代中国社会思想与生活方式的直观体现。通过当代文化文艺评论与分析，能够更好地了解经济社会发展的趋势，人民群众文化思想的变化，为当代中国特色社会主义文化发展提供有力的支撑。

○ 他通向大海，又直抵人心

——读丁捷新作《初心》有感

2017年，丁捷因一部“现象级”的反腐纪实文学作品《追问》，在社会上引起了广泛的热议，但是他并没有止步于此，而是开始了新的探索旅程，开始了更深入、更走心的“追问”。“追问”的结果与答案，就是随后我们所看到的这部反思力作《初心》。

实际上，对于“初心”的思考，已经出现在《追问》这个文本之中。《初心》的面世，让我们能够更深层次地进入和领略作家那深广、绵延的思想与情感世界。从《追问》到《初心》，那种直指人心的追问，山重水复的辨析，镂心刻骨的反思，锲而不舍的探求，如出一辙，系乎一心，是一位具有哲学气质和悲悯情怀的作家，在这个欲望化时代，留给我们的弥足珍贵的精神沉思录。

丁捷的探求初心之旅，是从他的个人生活体验开始的。生命的旅程，代际相续，每一段都牵系着最初的追寻与梦想。我很喜欢书中的《学之篇》,几篇文章都讲到自己父辈的故事,丁捷对故乡与逝去亲人的怀念,从童年时期坐在“永久”自行车上的回忆开始,平实的叙述中折射着温馨的记忆之光。

丁捷父亲那一代干部,腰杆被一个纯朴而庄严的理想撑得很直。他们“挽着袖子、卷起裤脚、穿着布鞋、胶鞋或者草鞋,甚至光脚,风里来雨里去地蹬着自行车,到生产一线,到工地现场”,他们希望子女在精神人格上能够茁壮成长,去开拓自己的人生之路。

这样的一种家风遗训,都承载在那辆笨拙而温情的老“永久”上。一个作家的人生阅历,与其文学创作之间,往往有着很深的渊源。这些年丁捷的身份不断转换,从高校到官场,从省委机关秘书到企业高管到援疆干部再到国企纪委书记,无法复制的人生体验,让他的视野越来越有宽度,思想也越来越有深度。他不仅有出色的文学禀赋,也有着开阔的思想视野,这使他对当今中国的社会思潮有着非常敏锐而理性的思考。

这两年读丁捷,明显能感受到他的作品中,有了一种新的东西,难以用精确的、理论化的语言来描述,似乎是多了一种安静的力量——也许是看到、听到和经历了太多,也许是精神上“精骛八极、心游万仞”的探求,让他变得越来越平和,越来越谦卑,越来越纯粹,开始以思索人性、思索终极的生命意义为旨归。

由于工作和职务的关系,丁捷接触了大量不为人知的事件,心里装载了太多故事,关于《追问》写作过程中那些痛苦的经历和彻骨的煎熬,以及翻天覆地的心路历程,他只是一笔带过,不愿过多提及。我想象着他一次次结束采访,走出监狱后,回望阴冷的铁门徐徐关上的情景，那真是深陷在精神深渊里的艰难跋涉。但也许正是这种炼狱般的历练，让他的灵魂变得更加澄澈，更加透明；他的每一部作品，都是一个带着生命温度的精神空间。

有一位哲人曾经说过，人每走一条绝路，都是有功劳的，就是证明了这是一条绝路。我们在反思过去时，诚如斯宾诺莎所云，“不必赞许，不必惋惜，不必责难，但求了解而已”。丁捷心中有一种大悲悯，在《追问》中，他并没有对那些误入歧途的人表示责难，为了保护讲述者的隐私，他甚至有意把情节打乱重新组合。看尽劫波，都未曾改变他的善良纯真，而他的悲悯心也有增无减；一次次地返身接近罪恶，反而让他的精神世界越发趋近澄澈之境。可以说，丁捷是当代作家中世俗经历较为复杂、入世很深的一种类型，而他的作品，却大多蕴涵着一种清正、平和、超拔的意味。

综观丁捷近几年的写作，从《追问》到《初心》，我们很难用“文化大散文”或者“非虚构纪实文学”等标签来界定。这两部作品，以其对初心的焦灼追问、深刻省思，以其特立独行、无可复制的切入角度，已然成为新时代文学中，具有特殊意义、特殊贡献、特殊效益的经典之作。也许，我们不必期待文学史论定之后，再去寻觅当初的文学现场，这两部作品，在时代的回音壁，势必会留下深刻的、悠远的回响。

寻找初心，不忘初心，是一种坚守公义的生命情怀，也是一种厥功至伟的精神向度。丁捷在阅尽人世的罪恶和苦难之后，他的心地越发单纯、诚挚、敦厚、温润，他思接千载的漫游与停伫、敏感与深刻，他长路漫漫的上下求索，他苦心孤诣的笔耕、奔走和疾呼，他那永远在路上的旺盛生命力，都让人心生敬意，击节而叹。我们深知，他走的这条路漫长而曲折，但这条路通往大江大海，而又直抵人心——回到梦出发的地方。

（李释隐　中国林业出版社）

◦ 用真诚和勇气构筑现实题材文艺精品

——评丁捷“问心”三部曲

丁捷是一位实力雄厚的作家，近几年他连续出版了《追问》《初心》《撕裂》，引起广泛关注和好评，被称为“问心”三部曲。笔者认为，这三部书从不同角度对焦当下反腐败斗争，堪称现实题材文艺精品。

“问心”三部曲的文学特征和时代意义，可以用“新”“精”“真”三个字来概括。

一、新

“问心”三部曲，扑面而来的是新时代的气息。它们聚焦当前波澜壮阔的反腐败斗争，作者敢于直面现实，用多种形式来反映这场斗争，叩问人心，表现了极大的勇气和责任担当。现实题材创作是文艺创作中的重点和难点，中国不乏史诗般的实践，关键要有创作史诗的雄心。文艺是时代前进的号角,综观历史上的文艺经典,许多就是当时的现实题材作品,如《红楼梦》《官场现形记》等,体现了时代脉搏。《白毛女》《刘巧儿》在当时也是现实题材作品,对土地改革、婚姻法起到了很好的宣传作用,逐步走进人们的记忆,走进时代的档案,被岁月打磨为经典。丁捷自觉把笔墨聚焦现实,聚焦当前中国社会的人和事,对我们党、领导干部、社会精英,在前行的过程中怎样不忘初心进行了深入的追问和思索,取得了丰硕的成果。他的作品之所以取得这么大的社会影响,成为畅销书,正是因为顺应了时代需求。他身处当下写当下,面对潮流写潮流,堪称时代的文学"弄潮儿"。

"问心"三部曲也是丁捷个人创作生涯的崭新转变。他之前创作了以《依偎》《如花如玉》为代表的十几部作品,被称为围墙内的"校园作家"、虚拟空间的"网红作家",更多关注的都是风花雪月的浪漫爱情,天马行空的人间孤境,而非世俗世界。而"问心"三部曲,直面现实生活,文学风格一改以前的轻柔和沉郁,呈现出凝练厚重,艺术视角也十分开阔宏大。

这三部曲的体例也很新颖。从艺术创作过程看,作者首先在长篇纪实口述体文学《追问》中,从浩瀚的反腐案例中,撷取八个鲜活的典型案例,用个性各异的纪实文学语言描写出来,如同画家写生一样,用生动的笔墨,加之作者的哲学思考,将采访的一个个故事像描绘一座座山峰一样渲染出来。长篇小说《撕裂》,从时间上来讲可以说是《追问》的艺术再创作,讲述了一个所谓文化精英圈内部的完整故事,演绎出一条主线贯通、波澜起伏的河流。政论散文《初心》体现了作者深厚的政治理论功底，他在这些故事的基础上进行了深入思考，从哲学的角度总结出什么是初心，哪些违背了初心，我们怎样找回初心，学思践悟，深入浅出。一个作家，就一个题材，在很短的时间内，洋洋 70 万字，用个性的纪实、艺术的虚构、理性的思考，进行立体式表达，在当代文学创作中，非常鲜见。

二、精

“问心”三部曲思想精深、故事精彩、语言精湛。它们弘扬宣传的都是正能量，与时代的呼唤不谋而合。尽管它们是从揭露入手，《追问》以剖析复杂的腐败人性为主，《初心》曝光了伪精英失却初心、欲望膨胀的畸形世界，《撕裂》则把批判的触角深入到社会的潜规则和灰色心灵空间，但都没有做绝对的单面价值评判，不是浮光掠影地写贪污、腐败、婚外情等现象噱头，而是通过作者的哲学考量进行观照，折射出人性的光辉和社会的光明，启示人们在纷繁复杂的浪潮中如何平息自己不安的心灵。

丁捷是一位讲故事的高手，他没有简单粘贴生活中的事例，而是精选案例，采用嫁接、组合、提炼等多种手段，努力使故事更典型，更生动，更具有戏剧性。其故事情节跌宕起伏，人物个性鲜明各异。《追问》中的八个故事是从成百上千的故事中精选出来的，每一个故事都可以掀起一个高潮，都能被搬上舞台和银幕。《初心》中的故事更加凝练，有的只有几百字，但内容触目惊心。小说《撕裂》作为一部虚构作品，更是一个结构宏大、高潮迭起的长篇故事，有着连环套一般的情节发展，不断制造悬念又解构悬念，引导读者在步步惊心中步步深入,进入故事的内核和人物内心世界,体现出作者古典话本文学小说的深厚素养。

同时,这三部曲也显示了作者具有很强的文字驾驭能力,他用精湛生动的语言讲述中国故事,表达时代心声。他的文字表达能力早在多年前就被《中华读书报》称赞“在追求‘母语美’上有一定的成就”,也得到著名评论家汪政的高度赞誉。此次,丁捷的三部曲,横跨三个体例,语言与文体都表现出和谐衔接,并各美其美,难能可贵。

三、真

“问心”三部曲充分体现了作者对真善美的追求。《追问》揭露落马贪官的落败真相和人生蜕变的真实过程;《撕裂》剖析一群“精英”的颓废阴暗的情感生活,以此熔化颓情,萃取真情,抒发人民群众呼唤清明政治和优良社会生态的真情;《初心》则是在尊重历史的基础上,寻求真理,揭示真谛。

丁捷用真诚和勇气,努力地去托起社会公义,我们每个人都可以从这三本书中得到启示,就是不忘初心,方得始终。回首峥嵘岁月,我们少年意气风发,立志长大成人,反哺父母;我们青春起航,跨入社会之际踌躇满志,涌起报效国家的豪情;我们在入党仪式上举起拳头宣誓时,激荡着连生命都不惜的奉献热情。改革开放四十余年来,我们党面临着“四大考验”,每位领导干部都面临着“四种危险”,每个人都可能忘记来时的路,如何经受考验,克服危险,正道致远,这三部曲给了我们生动具体的回答和镜鉴。

“子规夜半犹啼血，不信东风唤不回”。“问心”三部曲从不同的角度揭露了假恶丑，讴歌了真善美，用真诚和勇气构筑了现实题材文艺精品。作者叩问每位读者的心灵，为引导人心归正、建设清明政治、净化社会风尚，奉献一位优秀作家和纪检工作者的真诚与真心。

（徐耀新　原江苏省文化厅）

◦《红楼梦》的脆弱美

《红楼梦》作为中国古典四大名著之一，除了人物塑造的成功，情节铺展的“网状结构”，无所不包的文化内蕴和对现实人生的深刻观照，还另有一项人所难及的特点，即它苦心经营出一种脆弱缠绵的氛围。具体到小说里，就是那座“天上人间诸景备”的大观园。曹雪芹之前，中国小说家还从来没有这样创造性地用过一番心思。

一般研究古典文学的人都承认，《金瓶梅》是《红楼梦》的先驱。《金瓶梅》首次纠正了中国长篇小说对历史演义、神魔仙怪的过度爱好，把目光转向凡俗人间。不靠故事的大起大落，而是凭借对家长里短、饮食男女的戏剧性呈现，作为小说表现的主要手段。《红楼梦》在这条路上走得更远，而在“行走”的过程当中，它发展了诗意生存与现实污秽两个世界并存的理念。

在虽然污秽却很强大的现实世界的逼视下，“大观园”里的诗性存在显得极其脆弱。由于二者的对比如此强烈,而"现实"的实力大大超越"诗性",大观园像恶浪汹涌中的一座岛屿,纵然草木葱茏,奇花烂漫,到底敌不过风急浪高,随时有遭遇灭顶的可能。

大观园代表了一种重情、重美、非功利的理想,正因它这样纯粹,才格外禁不起碰撞。"抄检大观园"里,它的局部反抗根本掩不住总体上的不堪一击。秋风扫落叶般的肃杀带来浓重的悲剧意韵。但是这里有一个问题,就是即使没有外部现实的破坏,没有封建家长的干预,它仍然不能长久繁荣,仍然逃不了被瓦解的结局。它最大的敌人是时间。曹雪芹深谙其中奥妙,不断用诗词曲牌、打趣玩笑来暗示大观园的黯淡未来。

我们一方面随着那些花团锦簇的文字徜徉其间,如沐春风;一方面又不时被提醒这里的一切是注定要被打翻的,是朝"千红一哭,万艳同悲"的方向去的,当下的欢悦与来日大难构成了巨大的张力。

曹雪芹的"脆弱美学"直接间接启发了很多后辈。沈从文的《边城》清莹剔透,但不经意间就会从如画的氛围中渗出悲音。果然一个少女、一个老人的脆弱平衡因老人的猝然去世而打破,白发红颜的奇特和谐因此骤然消解。

沈从文对《红楼梦》未必迷恋,《边城》的例子也许还是偶然。但《红楼梦》的嫡系传人张爱玲显然是有意识地做了与曹雪芹相似的选择。张爱玲在《传奇》里建立的世界虽是迟慢落伍的,她本人对它也时有微词,但你又分明感觉得到她的留恋。她很明白她所写的这些人这些事终将被淘汰,却不能轻易将之忘怀。她不厌其烦地写家具,写服装,写最微小精工的细节,同时也预言着它的没落和衰败。

张爱玲的后辈白先勇,一样经历过家族的盛极而衰,也一样敏感细腻。他对生命的悲凉体悟,使他写出了一部与曹雪芹、张爱玲遥相呼应的短篇小说集《台北人》。其中最精致的一篇(也是分量最重的一篇)《游园惊梦》,一面工笔细描酒宴的繁华热闹,穿插写到女主角的隐秘心事;一面又渗入了“无不散之筵席”的凄哀。由于层次丰富,这个短篇信息量特别大,可供咀嚼的况味也特别复杂,文本也显得特别摇曳多姿。

曹、张、白诸家的脆弱美有个与众不同的地方,就是对作品中的美构成终极威胁的,不是哪一个具体的人,哪一个具体的阶级。可能是光阴流逝,慢慢腐蚀;或是社会风习(深层的文化与心理)的演变造成时代气质的大变。

说到底,这“脆弱”并非消极,而是清醒;并非认命,而是冷静。其细腻深邃、空灵飘逸又颇能引发一种东方化的荡气回肠的感怀。

白先勇之后,新一代作家与传统文化的关系日渐疏离。纯文学倾向于学习西方,连通俗文学也走的是“穿越时空”或同《指环王》《哈利·波特》类似的路子。具有独特的脆弱美的当代作品,迟迟不曾出现。不过有一点可以肯定,这条文脉若能再次成功接续,一定是后起作家在曹氏等打下的基础上引入了新的技巧,充实了新的内涵,赋予其新的质素,像张爱玲、白先勇他们一样,不拘泥,不硬套,活学活用,虔诚而不迂腐,循着从前的轨道走出了自己的道路,开创了一片新的天地。

热爱崇敬不等于墨守成规,锐意进取不等于全盘丢弃。这个简单的道理,似乎意外地难住了许多人。

(陶然　镇江市文化馆)

○ 整体性保护，让非遗成为活生生的“水草”

木心在《文学回忆录》中曾有过一个精妙的譬喻：“《红楼梦》里的诗，如水草。取出水，即不好。放在水中，好看。”接近完美地阐释了角色诗的独到与局限，以及与整体文本之间相依相存的紧密联系。如羚羊挂角，令人拍案叫绝。笔者忽发奇想，此比喻若借来形容非遗与整体性保护的关系，似乎也很是贴切：非遗如水草，离开整体性保护，则不好；只有深植在滋养它的土壤里，才好看，才有蓬勃的生命力。

整体性保护，是非遗保护从单一的项目性保护转向与孕育项目相关的自然和人文生态的整体性保护领域。一方水土养育一方非遗，一种环境造就一种文化生态。脱离非遗相关的系统整体谈保护，正如大观园里的稻香村，矫揉造作，失却了鲜活生动的本来面目。“始知锁向金笼听，不及林间自在啼。”

1987 年拍摄的《红楼梦》电视剧是几代观众心目中的经典，那么，这群“红楼梦中人”是如何入梦的呢？整整三年时间，这群风华正茂的少男少女，从起居坐卧到言行举止，无不严格考究。反复阅读认真领悟原著，修习琴棋书画各门技艺，接受当时全国一流红学家和文史专家的悉心点拨指导。朝朝“毫端蕴秀临霜写”，夜夜“口齿噙香对月吟”，终于脱胎换骨、形神兼备，把自己活成了大观园中的闺秀公子。

某种意义上而言，1987 版电视剧《红楼梦》用三年时光，无异于打造了一个体量不大却内涵丰富、相对完满自足的文化生态实验系统，然毕竟还有构造乌托邦之嫌。在非遗保护领域与之异曲同工的，就是文化生态保护实验区的设立，对维护非遗的生存空间，具有重要意义。其用意为在非遗项目集中、特色鲜明、形式和内涵保持完整的区域探索整体性保护，是中国在非遗保护领域的一大创举。

2007 年以来，文化部先后设立了 21 个国家级文化生态保护实验区，各省区市设立了 146 个省级实验区。2011 年起，江苏分四批建成了 10 个省级文化生态保护实验区，包括连云港山海文化，洪泽湖渔文化、高淳村俗文化、姜堰清明习俗文化、宜兴陶瓷文化等，各有侧重而特色分明，当地从社会到民众整体参与保护的自觉性相对较高，不同程度上推进了江苏非遗保护传承的高质量发展。

然而，只有当我们将眼界和胸怀进一步扩大，从文化生态保护实验区望向这片广袤的土地，才算是迈向了真正的“整体性保护”，做到“见人见物见生活”。那么，在整体性保护的视野下，这句诗意又精炼的阐述中，人是什么样的人？物是什么样的物？生活又是什么样的生活呢？

人，必对本国历史怀有极大的“温情与敬意”，正如陈寅恪先生所谓“为此文化所化之人”，何谓？为中华优秀传统文化所化。《中国诗词大会》第二季冠军武亦姝，淑雅清丽，被网友赞为“腹有诗书气自华”，不正是活生生的例子么？这样的人如何培养造就？曰溯源，曰固本，通过编制生动有益的非遗读本，设立互动教育的非遗课堂，开展丰富多彩的非遗活动等，让非遗走进校园，走进家庭，走进孩子的心中。

物，应为寄托着深厚情感内核、文化价值的物质符号。它可以是历久弥坚、凝聚着工匠精神和手作温度的传统手工艺品，也可以是融入现代设计理念、更为创新多元实用的文创产品和设计品，甚至可以是独具匠心的景观雕塑、园林建筑、公共设施，无时不在，无处不在，以自己独特的方式，春风化雨般浸润着人们的心灵。漫步苏州平江路，举目所见是绣娘的针线飞舞、船娘的悠闲姿态，耳之所闻是评弹的春莺百转、昆曲的百转千回，一砖一石，一草一木，一水一桥，每一样“物”，都散发着精致风雅、端庄文秀的苏式风情。

生活，则应是与传统毫无割裂的生活。以刚刚过去不久的传统民俗节日端午为例，除了满足“吃货”们的丰盛食物，更有囊括吃穿住行的一系列习俗，吃粽子，赛龙舟，饮雄黄酒，佩戴香包，在檐下悬挂菖蒲、艾草……有精神的，也有物质的；有仪式性，也有烟火气；有纪念祈祷，也有休闲愉悦。而这几乎又是所有中国传统节日、节气的共同特点。过好了这些日子，也就过好了每一天的日子。看懂了传统民俗、传统技艺、传统音乐舞蹈中的诗意，也就能够真正“见人见物见生活”，让非遗的新鲜血液和生命力，“如将不尽，与古为新”。

（靳扬扬　江苏省文化和旅游厅）

◦ 光与影的盛宴:印象派的印象

印象派的绘画风格是我的最爱。有一年中法文化年,在上海美术馆展出了 51 件法国印象派绘画珍品,我有幸亲眼欣赏了塞尚、马奈、莫奈、雷诺阿、德加等十四位法国印象派大师的作品。

作品包括身价一亿欧元的《吹短笛的男孩》,以及《三浴女》《睡莲》《咖啡馆》《鲁昂大教堂》《舞蹈课》等翻开任何一本美术史都会介绍到的印象派经典之作。马奈《吹短笛的男孩》作为此次珍品展的招牌,影印的画张贴在美术馆周围的马路上,原作则置于展厅中央。

这幅画概括为两个字就是"简单"。背景简单,色调细微变化的灰底色上,画底没有给出一个确切的空间,没有叙事;主题简单,一个年轻的骑兵吹着短笛,孩子、服装、短笛构成画的唯一主题;色彩简单,红、黑、金以及画底的灰色。

这幅画的意义就是没有意义,没有蕴含深刻的意义,没有内容,一个简单的个体独立存在,技法上"平面化""压缩空间"是一个信号,传递出一种新的世界观。这幅画的朴实无华证实了艺术家的现代性,他是一切陈规之敌,"我相信不可能用比他更简单的手段获得比这更强烈的效果了。"这是自然主义作家左拉对《吹短笛的男孩》的赞誉。

现代主义意味着消解宏大叙事,消解古典主义所追求的优雅、秩序和规则,"现代主义就是过渡、短暂和偶然"(波德莱尔语)。印象派处于古典主义和现代主义之间的过渡时期,因此从形式上有别于后来现代艺术的超乎日常经验的反叛,更容易为大部分欣赏者所接受。

印象派在内容上突破了古典艺术取材宗教、强调叙事的特点,直接取材于日常生活,技法上也寻求突破,到印象派晚期,塞尚没有依循传统绘画去选择他的形式和色彩,他所专心追求的是绘画色彩和形状之外的"内在的表现历程"(梅洛·庞蒂语)。以静物画来说,他并不是去模仿静物外表的形状和色彩,乃在不断去尝试各种可能的方法和色彩,即使是阴影部分,也是用不同的色彩来表现。

而画展上令我震动的是雷诺阿的《半身像·阳光的效果》,当我一幅一幅细致地欣赏过去,刚刚进馆时的兴奋也慢慢平静下来,在大量的精品之作的"轰炸"中渐渐产生了审美疲劳。无意中我回头,就远远地看到了她,瞬间仿佛被电流击中,那既是斑驳的光影产生的闪动,又是光影中散发出来的具有生命气息的美好身体,在恍惚和眩晕感中,少女活了,在树影里,在光与影的交汇中。

当我一步一步走近她的时候,她还是画,是色块,甚至如那个时代的批评家所说青一块紫一块仿佛"尸斑"。但也正是这幅画,让我理解到印象派的内涵以及在当时所遭遇到的攻击和反对。

印象派突破了写实主义的笔触,通过光与影的交汇来呈现画面,展现了想象和视觉的更多可能性。它所呈现的是光与影的盛宴,是一场视觉的大餐。

（叶勤　南京师范大学）

○ 唐人街，一个永不消退的中华文化符号

唐人街是华人在异国他乡聚居的地区，它在美国是非常多的，几乎在美国的任何一座城市都有唐人街的存在。美国唐人街的形成，是因为华人移居美国后，成为当地的少数族群，在面对新环境时需要大家同舟共济，便群居在一个地带，故多数唐人街是华侨历史的一种见证。

在唐人街生活非常便利，走进唐人街，熟悉的中国文化元素扑面而来。壁刻“南无阿弥陀佛”的大乘寺，纪念儒家始祖的孔子广场，各类中餐馆、中国传统工艺品店、杂货铺，形形色色的汉字招牌随处可见。味道正宗的广式早茶是早餐的首选，就连煎饼果子在唐人街上也能随意买到，口感极为正宗。除了街道标牌上的英文的字样和正在执勤的美国警察，就连国内的电视频道你都可以收看得到，行走在这里仿佛穿越了国度，你几乎看不到任何美国的痕迹。

美国当地政府对待唐人街还是很宽容的。在美国,路边摆摊是被绝对禁止的,但在唐人街,因为考虑到中国人的习惯,政府特别允许商铺将店内的货物摆到外面来,供来往行人选购。热闹的街道处处体现着中国元素,甚至在空气中你都能感受到中国传统文化的气息。

其实,早在一百多年前它便已不再是一条街而是区,但人们依旧习惯于把整个地区称为唐人街,也有不少华人根据英文 Chinatown 之意,称之为中国城。它是外国人认识中国的第一步。传统的唐人街,如旧金山、纽约、洛杉矶、芝加哥和波士顿的唐人街继续存在并吸纳新移民,成为美国华人社区的一个缩影。

旧金山和纽约有着美国两大历史最为悠久的唐人街,也是目前美国规模最大的两个唐人街。它们见证了美国在不同历史时期的不同对华措施,经历了美国政府对华裔的《排华法案》,但它们展现了很强的自我调节能力,成为美国多元化社会下具有共同文化背景的华人社区,印证着美国华人社会文化习俗的固守与嬗变。“乡音未改”成为了美国华人的传统存续。正如民俗学家钟敬文所言,民俗是一种民间传承文化,它的主体部分形成于过去,属于民族的传统文化。但它的根脉一直延伸到当今社会生活的各个领域,伴随着一个国家或民族民众的生活继续向前发展和变化。

众所周知,民族文化是增强民族凝聚力的重要保证。唐人街的文化源远流长和博大精深,一方面源于生活在内的华人们共同的生活条件和生产过程,另一方面源于他们共同的语言、行为、思想、道德等等。唐人街不仅将华人团结在一个民族共同体中,而且让华人具有内在而强烈的文化认同感、归属感，有利于全民族的团结进取和社会的繁荣昌盛。这种特有的文化就是中华文化的生命力所在，是中华民族向心力和凝聚力的重要源泉。

现如今，美国唐人街中的华裔已经到了第五代、第六代甚至更多，但保留下来的中国传统文化并未被美国主流社会文化完全“洋化”，这要归功于华人文化与美国文化的相互认同。文化认同影响着文化的存在与发展，对文化变迁起着较大的能动作用。美国华人对祖国文化的认同保证了中国传统民俗精髓在美国的延续。民俗文化是中国传统文化的典型文本，具有极大的象征意义。

岁时节庆等民俗精髓在异域的存续，一方面彰显出中国传统文化所释放出的强大生命力和向心力，具有强大的包容性及环境适应能力，因此不管在什么情况下都能够存续下来；另一方面又表明中国传统文化的基本理念不是僵化的，而是在不断适应着变化中的时代和环境，并且通过吸收外来文化将其转化为内在深厚的文化内涵来获得持续发展的能力。另外，文化认同还影响着文化群体的存在与发展，以唐人街为核心，美国华人打造出具有鲜明的文化、经济等特色的区域。

如今的唐人街已不再是一个与世隔绝的自给自足的移民社区。无论是在经济、政治，还是日常的生活方式上，在美的华人也已融入了当地的文化，但中国的传统文化依旧在唐人街传承，成为了一个永不消退的中华文化符号。唐人街的变迁见证了华侨华人移民、创业、发展的艰辛历程，以及他们所展现的拼搏与自强精神。

可以说唐人街的文化是中华文化的外部延伸，传承着中华民族共同的风俗习惯、伦理思想、行为道德,是华人的精神载体。这种精神力量纵横千里,绵延千古。唐人街文化样本反映了中华文化的生命力,是华人在异国他乡传承中华文化、民俗的创造的表现。

浪迹天涯的华人们,无论现在身处何方,唐人街都是异国中的那片“故土”,承载了几代人的成长回忆,让人一想到就肃然起敬,追思甚远。无论身处何地,华人们依然保持中国的传统文化观念和共同的价值追求。这大概就是有人曾经说过的,每个华人心中都有一条唐人街。况且,今天的中国,随着综合国力的上升,华人的地位也是逐渐提高的,一切会越来越美好。

(徐蓓　南京师范大学)

◦ 让诗意与文学从生命内部自然生长

一次学术会议上，一位作者向我提出了一个问题：文学应该怎么教呢？这本来不应该是一个问题，但现在，它确乎是一个问题了。

一、诗意的存在、本色的真

文学，并不仅仅是一个学科的概念，更不仅仅是一种课程的名称。事实上，文学存在于我们的文化之中，并作为文化显现之一种。

文化是一个自然存在的生态群落，这其中有人文的、社会科学的、自然科学的，如同在一个自然状态之中，草木鸟兽、游鱼飞雁，各美其美，各乐其乐。甚至可以说，人文学科、社会科学、自然科学都有其美、其乐，这美、这乐的背后渗透着的就是诗意的存在，而这存在就是文学。

当然，你不能将这个美、乐特意地再提取出来，一旦提取，那么这个美、这个乐，就如同离开水的鱼儿，如同断了根的花儿，就会死会枯，于是美、乐就不复存在，文学也就无从把握了。

而长期以来，我们的文学教育、文学研究总是把文学从文化的生态群落中剔出，将之移到一个所谓的“文学实验室”中去考察去分析，殊不知没有所谓的纯粹的文学，离开了文学之融入其中的文化，文学之美何处依存？文学何在？

我们总认为科学是求真的，文学是求美的。事实上，二者并不是那么分工明确、“包干到户”的。好的文学同样离不开真。

举一个例子，我们都熟悉当年曾经红极一时的散文名家杨朔，对他的《荔枝蜜》《雪浪花》《茶花赋》等都不陌生，中小学教材中曾以此为范文。然而，人们却忽略了一个最重要也最根本的前提，这些文章缺乏的恰恰就是真！这些散文写作于20世纪五六十年代之交的“大跃进”时期，在那个出现饥荒的年代，杨朔的文章却轻巧无比，那种精致、巧妙，绝对称不上美。因为失去了真，就谈不上善，缺失了真、善，美从何来？

真是什么？在我看来，真就是本色！这就启发我们，对于什么是文学、什么不是文学绝对不能狭隘观之。比如我读从来不被认为是文学家的钱穆的《湖上闲思录》、张申府的《所思》、梁漱溟的《朝话》，同样觉得很美，而且甚至我认为，这种美和享受，要大于很多所谓的散文家的文字。

二、被隐藏的文学本质，是生活本身

以往人们在论及文学的概念时，使用最为广泛的定义是：文学是语言的艺术。然而这只是指文学呈现出来的形态，在这个有形的形式背后，文学的本质恰恰隐藏于此。这个被隐藏被忽略的文学，是人的生活本身。

就说我自己，我出生在农村。打从记事起，我就经常与小伙伴一起在田野里捉蟋蟀、逮知了、寻蝉蜕、掏鸟蛋，还常常下河游泳、摸小鱼、挖泥鳅。有篇课文中讲："秋天来了，天气凉了，树叶变黄了。一群大雁往南飞。一会儿排成个人字，一会儿排成个一字。"这情景我是多么熟悉啊。因为每逢秋天，放学后随父母到田里干活，仰起头看到队队南飞的大雁时，我就会呆呆地想：这些不知疲倦的大雁是要飞向哪里呢？它们飞往的乐土一定是一个极美丽极奇妙的地方吧。

后来长大了，移居城市，我常常会怀恋那时候的生活，因为到了城市我才悟到，当年的生活本身就是文学的、诗意的。

文学的语言，唤醒的是语言背后的情绪、想象、感悟，而这些也是语言背后的文学之美的存在形态，在这个过程中，文学与生活得以会通。

三、文学内在于生命

更深言之，生活本身的文学、诗性，更存乎于人的生命内部。

生命，这里所指的当然不仅是物质的、生理的性状，而且有关精神、信仰、心灵，是灵魂的呐喊、吟唱或震颤，是精神的追寻，是人性的袒露，是心灵的焦虑、追寻和困扰，及其之后的安顿。

跨越千年，李白、杜甫、白居易的诗仍被我们一再传诵，莎士比亚、雨果、托尔斯泰的作品依然为我们喜爱，为什么如此？原因在于这些文学作品传达了人类共同的体验。

李白的“相看两不厌,唯有敬亭山”句,写的就是你。我们虽然不是李白,写不出那些诗歌,但当你一个人静静地望着敬亭山时,你的内心会有无限美好的感觉,在这个时候,你内心的感动,就是最文学的,你生命中的文学部分已经漶漫开来。所以说,文学从来都存在于我们的生命当中。文学一直未曾远离我们,区别只在于有人自觉到文学,有人还缺少这种自觉。

在我看来,文学是人文学科最核心的门类,通过文学,人类能够不断地意识到人的存在,文学是在通过自己的方式完善人的心灵。

对历来认为最具战斗性的鲁迅的作品,人们一直存在某些误读。鲁迅自己认为最满意的作品不是《狂人日记》,不是杂文,而是《孔乙己》,原因是这部作品“从容”,有大家气象,不似其他作品那样峻急。为什么鲁迅有这种看法?这恰恰说明了在鲁迅心目中,真正的文学,不仅仅是直接的迫切的战斗,更在于一种深切的生命表达。

明乎此,“文学应该如何教育”这个问题就不再是问题了。还是让文学回到生活,让生活切近生命,让生命永远诗意,让诗意与文学从生命内部自然生长!

（赵普光　南京师范大学）

○ 文艺的“雅俗共赏”

文艺事业是党和人民的重要事业,人民需要文艺,文艺更需要人民。一切优秀文艺创作须站在人民的立场,用优秀的文艺服务人民,歌颂人民。文艺是为了大众的,文艺也是关于大众的,文艺创作的一切灵感都源于人民大众。著名爱国作家朱自清先生站在人民大众的立场,在其著作《论雅俗共赏》中系统地阐释了这种文艺观。

《论雅俗共赏》是朱自清先生晚年在文艺观上彻底从资产阶级知识分子立场转变为人民大众立场的代表性著作,朱自清先生从“偏重俗人或常人”即“近于人民”的“现代的立场”这一高度提出了“雅俗共赏”的文艺观。作为朱自清先生生前最后一本论文集,书中各篇文章都在朝着这个方向努力,《论雅俗共赏》此篇置于全书之首,并用作书名,用意也正是在此。

一、雅俗共赏是文艺发展的历史趋势

作为文艺发展的一种历史趋势,“雅俗共赏”既是一个自然的过程,又是一个自觉的过程。此趋势始自于唐宋并延续至今,唐宋之际有韩愈倡导的古文运动及元稹倡导的新乐府运动,近代有陈独秀、鲁迅倡导的白话文运动,再到现当代中国共产党倡导文艺创作的中国化、大众化,坚持人民立场,坚持文化服务人民,服务大众。

“雅俗共赏”的终极目标是作品可以达到文艺深度、高度以及广度之间的洽和。雅俗共赏的艺术创作自古有之,但在特权阶级主导时期,文艺作品过多地强调及偏重于高度和深度,文艺就成为一种“特权”。故此时的雅俗之分乃是从所谓高度和深度来进行比较区分的,可现当代渐渐强调文艺“共赏性”,注意要以文艺之广度去配合其高度和深度,亦在拓宽普及的同时提高艺术水平,这才是顺文艺发展之历史趋势,这才是雅俗共赏。

二、“雅俗共赏”是文艺创作的重要标准

文艺作品作为人类精神创造及精神文明的成果,毫无疑问是极具主观性和个性化的产物,不可能也不能千篇一律。但这并不是说文艺创作就没有标准可循。尽管文艺创作的标准历来是观点纷呈,各执己见,但“雅俗共赏”作为调整不同文艺类型的重要标准越来越得到文艺界的普遍认同。“雅俗共赏”便是以文言、雅言为主,以雅为方向并与民众相结合,服务人民,引导大众以抵制低俗文化。

“雅俗共赏”需要雅方降低一些姿态,理会和反映大众的趣味;同

时也需俗方提高一些，要“俗不伤雅”，在学习和享受中渐渐蜕变并适应雅化。“雅俗共赏”注重文艺作品的精神和内涵，要求作品要具有思想性、深刻性、高雅性，但表达之手段和方法要通俗，既要反对那些以为人民大众不懂得文艺，将大众视为“下里巴人”，以为面向群众创作就不上档次的观念；又要反对那些打着“雅俗共赏”旗号的庸俗、低俗、媚俗文艺作品造成的不良文化侵袭。

三、文艺繁荣发展要坐实“雅俗共赏”

文艺要赢得人民认可，花拳绣腿不行，投机取巧不行，高雅至极得让人望而却步不行，为博取眼球哗众取宠式自我炒作更不行。广大文艺工作者必须要坚守艺术理想，用高尚的文艺引领社会风尚，做真善美的追求者和传播者，把崇高的价值、美好的情感融入自己的作品，用富有精神力量的优秀文艺作品引导人们向高尚的道德聚拢，不让廉价的笑声、无底线的娱乐、无节操的视听淹没我们的精神生活。

文艺的通俗不是低俗，欲望不代表希望。从人民大众角度来说，欣赏水准则要从俗到雅，即“在普及的基础上提高”，把自身的文化素质和艺术鉴赏能力从低处向高品位、高水平发展，而不是拿“雅俗共赏”作挡箭牌，要求作家和艺术家把档次和品位硬拉下来，去一味地迎合所谓时尚的低级趣味，否则最终只会葬送我们文学艺术创作的前途。

（李甜甜　南京师范大学）

○ 现代社会与现代人格

中国特色社会主义的发展进程进入新时代,中华民族迎来了从站起来、富起来到强起来的伟大飞跃。我国正处于人的现代化和社会的现代化的关键期,既承载着实现中华民族伟大复兴的历史使命,又担负着建设现代化强国的时代重任。在此特定的历史时期,国民人格就显得尤为重要。

美国著名学者英格尔斯在对人的现代化问题做了长期研究后,告诫世人:身处现代化进程中的人如果没有经历人格从传统到现代的转变,即人自身还没有从心理、思想、态度和行为方式上都经历一个向现代化的转变,那么,失败和畸形发展的悲惨结局就是不可避免的。他甚至认为,现代化应该是“先化人后化物”,不如此,物的现代化就会掩盖人的现代化,从而出现物支配、奴役人的现象。在他看来,一个物役化的社会是难以称得上真正的现代化的,他认为,一个国家,只有当它的人民是现代人,它的国民从心理到行为上都转变为现代的人格,它的现代政治、经济和文化管理机构中的工作人员都获得了某种与现代化相适应的现代性,这样的国家才可真正称之为现代化国家。可见,社会的现代化不只是物的现代化,更是人的现代化;不是物支配人,而是人支配物。现代化的最终目标是人,而现代化的衡量尺度也离不开人。

原北京大学校长蒋梦麟先生早在1918年就曾呼吁进化社会的人格教育,并将养成健全之人格作为平民主义教育的三大任务之一。著名教育家陶行知也曾号召人们把自己的私德健全起来,建筑起“人格长城”来。由私德的健全,而扩大公德的效用,来为集体谋利益。近代教育家胡适先生在一次大学演讲中将个人人格与国家联系在一起,他说:“争你们自己的人格,便是为国家争人格!”习近平总书记也说:“做人要有气节,要有人格。气节也好,人格也好,爱国是第一位的。”对于个人来说,人格是人之为人的一种规定,是一个人在社会上安身立命之本。拥有高尚人格的人,往往具有铮铮铁骨,不卑不亢,受到人们的尊敬和爱戴;相反,那些人格扭曲、人格分裂甚至人格丧失的人常常溜须拍马,见风使舵,受到人们的鄙夷和轻视。人格不仅关乎个人,而且关乎国家。唯有优秀的人格才能撑起个人的存在,进而撑起一个国家的存在。国家的强大不只是经济的强大,更是人的强大,而人的强大则取决于人格。一个现代化国家,必须有与之相匹配的拥有现代人格的现代人。

在现实生活中,由于缺乏现代人格意识和人格精神,如此“巨婴”屡见不鲜:既有耍赖撒泼的,又有蛮横无理的;既有胡搅蛮缠的,又有偷奸要滑的。既没有自我的尊严感,又缺少对他人起码的尊重;既无做人的气节,又无做人的风度。

一个强大的现代化国家,有赖于高度发达的物质文明,更有赖于高度发展的精神文明,有赖于国民的精神壮健。对于今日中国而言,迫切需要唤醒国民的人格意识,培养国民的现代人格精神,建立健康人格,尊重他人的同时赢得自尊。唯有如此,才能称得上是一个有格调的现代人,才能建设一个文明的现代社会。

（徐强　南京师范大学）

○ 阅读需要“深呼吸”

“立身以立学为先，立学以读书为本。”在中国几千年的传统文化中，“布衣暖、菜根香、诗书滋味长”谓之“三味”，翰墨是最沁人的清香，琅琅书声是最悦耳的音乐，而阅读，是世间最美的姿态之一。

有关调查显示，近年人们阅读时间和数量明显增加，阅读载体也日益丰富，不少人勤钻“空子”，充分利用碎片化时间，诸如差旅途中、会议间隙、茶余饭后，翻看报纸杂志，浏览网络新闻，阅读时事快评，优化了知识结构，开阔了眼界胸襟。然而，囿于时间的零散，利用碎片化时间阅读难免走马观花、浮光掠影，远不能满足当前新常态下的需要。

俄裔美籍作家布罗茨基说过：“一个不读书的民族，是没有希望的民族。”在信息和阅读呈现碎片化浅层化的当下，我们要将深阅读作为生活和阅读新常态，在这种“深呼吸”中品味书香，真正以阅读陶冶情操、涵养身心、提升自我。

要善于规划时间。“立志宜思真品格，读书须尽苦功夫。”三国时期，孙权曾劝吕蒙读书：“卿言多务，孰若孤？孤常读书，自以为大有所益。”“文革”期间邓小平谪居江西，上午参加劳动，下午和晚上坚持读书，每日读书至深夜。大量的阅读积淀对其后来的复出和改革理念产生了重大影响。我们要真正把阅读当成一种生活态度、工作责任和精神追求，少点形式主义的会议，少点毫无意义的闲聊，少点庸俗无谓的应酬，将碎片化时间集零为整、聚沙成塔，多抽出整块时间，真正静下心来、下足功夫，读原著、学原文、悟原理，避免少知而迷、不知而盲、无知而乱。

要甄选阅读内容。列夫·托尔斯泰说：“理想的书籍是智慧的钥匙。”互联网时代海量信息铺天盖地、泥沙俱下，阅读时要学会甄别筛选，善用“拿来主义”，取其精华，弃其糟粕，为己所用。要多读儒学经典、文学名著等古今中外传统文化著作，充分汲取智慧营养，涤荡精神灵魂，坚定道德信仰，滋养浩然之气。要潜心阅读当代中国马克思主义理论著作，不断提升理论素养和党性修养，夯实思想之基，补足精神之钙。要认真研读相关专业书籍，全面提升专业能力水平，克服本领不足、本领恐慌、本领落后问题，真正以学修身、以学资政、以学经世，“运筹帷幄之中，决胜千里之外”。

要注重阅读方法。“读书之法，在循序而渐进，熟读而精思。”清人孙洙云：“熟读唐诗三百首，不会作诗也会吟。”我们要通过大量阅读，不断增加知识积累，提升文化内涵。但也不可盲目贪多，更不能囫囵吞枣、不求甚解。要科学选择需要泛读、精读和体悟的内容，在阅读时有所侧重，或“吞”，或“啃”，或“品”。宋人钱惟演称：“平生惟好读书，坐则读经史，卧则读小说，上厕则阅小辞，盖未尝顷刻释卷也。”要依据时间合理安排阅读内容，实现阅读效果的最大化。要做到眼到、口到、心到，“不动笔墨不读书”，坚持审问慎思明辨，在阅读“三境”中达到自我的知、行、得。

要坚持常读常新。“至哉天下乐，终日在书案。”要将“明灯常作伴，益书常为朋”作为至高境界，以书为师、以书为镜、以书为友，养成终身阅读的习惯。书卷给予我们的思想和力量，足以抗拒一切世俗洪流的侵蚀。蒋捷有词云：“少年听雨歌楼上，红烛昏罗帐。壮年听雨客舟中，江阔云低，断雁叫西风。而今听雨僧庐下，鬓已星星也。”阅读也若此。年龄、身份、阅历不同，阅读的感受全然不同。即便是同一境地，之于同一本书，每一次的阅读体悟也不尽相同。人生这部大书更是如此。“旧书不厌百回读”，正是在这一次次阅读的“深呼吸”中，我们的心灵空间芳香四溢，精神领土不断富饶，人生境界日渐升华。

（高存根　江苏作协书画联谊会徐州分会）

○ 艺术传承与发展之辩证统一

关于艺术的传承与发展，也就是艺术的“源”与“流”的问题，在古今中外的艺术史、美学史上都有着广泛的讨论，可谓“前人之述备矣”。

在中国艺术理论史上，对于这一话题的探讨，于清朝这个中国古典美学的总结阶段达到了顶点，诸如：叶燮论“正、变、盛、衰”；石涛论“法则与自由，借古以开今”；刘熙载论“用古与变古”等。在西方艺术发展史上，从古希腊艺术直到今天的后现代艺术，艺术的表现形式、表现手段发生了翻天覆地的变化，可以说一部艺术史就是一部风格变迁史和理念变革史。无疑，艺术传承与发展是辩证统一的关系，艺术必须在传承中发展，艺术也只能在发展中传承。

艺术传承的核心是传扬艺术之道。艺术传承当然不是对于古代经典的复制，也不是对于某种既有艺术模式的套用，关键是要传扬传统艺术精神和哲学层面的东西,即对于形而上的“道”的传扬。

这其中,至少包括三个层面。

一是传扬传统美学思想,如中国古典美学的“虚实相生”“得意忘象”“传神写照,迁想妙得”“思理为妙,神与物游”“外师造化,中得心源”等艺术哲思,以及“涤除玄鉴”“虚静玄远”“澄怀味象(澄怀观道)”“林泉之心”的审美心胸。

二是传扬传统艺术气韵,即中国艺术特有的“气韵生动”之感,如天真、自然、简淡、飘逸之韵味,展现中国艺术形象独有的风姿神韵。

三是传扬传统艺术意境,也就是基于对传统美学的学习和对古典气韵的把握,传达一种超越艺术本体形象的“言外之意、象外之境”,彰显中国艺术别具一格的艺术魅力。

艺术传承的手段是传习艺术技艺。艺术传承自然离不开对于技艺、技巧、技法的传习。以美术为例,中国古代留下了大量的画论、书论,如南齐谢赫的“六法论”、唐代荆浩的“六要论”、唐代孙过庭的《书谱》、宋代郭熙的“三远说”等,为当代艺术家学习传统书画技艺提供了丰富的参考资料。而在工艺美术领域,则更加强调手艺的传习,如紫砂技艺、刺绣技艺、剪纸技艺、漆艺、木艺等。今天中国所提倡的非物质文化遗产之“活态传承”,就是对于古老艺术技艺的沿袭传承。

艺术创新是艺术的本质特征和其生命力之源泉。艺术之所以为艺术,其区别于一般技术和工业生产的根本之处在于:艺术具有独创性,艺术产品是灌注了主体创意思想的精神产品,只是大部分都有物质形式和载体。即便是文化产业中批量生产的艺术设计产品,也正是由于具有匠心和创意而具有艺术属性。

对于今天的艺术家而言,应该积极从传统文化艺术中汲取养料,使其转化为艺术创新的素材。而这种汲取传统艺术养分的开拓创新,事实上也起到了传承的作用,赋予了传统艺术新的生命力,使得艺术之流源源不断。

艺术要推动传统文化创造性转化和创新性发展。创新不但是艺术生命力的源泉,而且也是文化传统得以传承的时代精神依托。往往古老的艺术元素、文化符号借助新型的包装、形式,就能焕发新的生机,比如:故宫推出的胶带、口红、咖啡、火锅等“爆款”文创产品,就是用创意激活古老文化,发掘了传统文化的新价值,产生了良好地社会效益和经济效益。这无疑是一个很好地利用艺术手段结合传统文化与现代文化,推动传统文化创造性转化和创新性发展的例子。

(徐望　江苏省文化艺术研究院)

◦ 集古大成　自出机轴

——观“董其昌书画艺术大展”有感

经历了三个月的展期、四次更换展品的“丹青宝筏——董其昌书画艺术大展”在上海博物馆落下帷幕，这是国内影响较大的古代书画展览，也是自1992年在美国纳尔逊·艾金斯艺术博物馆主办的“董其昌世界展”之后，又一次董其昌书画艺术作品的汇集，给众多书画爱好者带来了一场震撼的审美盛宴。

国内外学界关于董其昌本人和他的书画艺术及其艺术理论的研究成果已经达到了汗牛充栋的地步。虽然对于董其昌的人生历程、艺术理念还有很多争论，但是无法否认董其昌对我国古代书画艺术产生的深远影响，以及他在古代书画史，尤其是明清书画史中的宗师地位。观此展览，给我最大的触动，是我认为当今时代最应该继承的董其昌的精神遗产，不是美术史上人人皆知的“南北宗论”，亦不是他丰富的人生经历和书画鉴藏，而是其在作品中所体现出来的“集古大成,自出机轴"的艺术精神与品格。

在古代绘画史中,提到"集古大成",最先被人想到的是清初"四王"。作为当时正统派的领袖,中国古代绘画在他们那里遵循着传统审美模式,达到了前所未有的高度。从师承上讲,"四王"正是承接了董其昌的衣钵,并且将追摹古人的精神发扬到了极致。但是作为后学,"四王"并没有继承董其昌全部的艺术精髓,而是在"摹古"的道路上越走越远,陷入了泥古不化的境地,也因此成为 20 世纪初美术革命中人们口诛笔伐的对象。

所谓"自出机轴",我们可以在董其昌的书画艺术中发现,他虽然重视学习传统,但同时又十分注重对艺术的感悟,他虽然大力倡导复古,但是又在深入师古中发现自我。出入宋元,集古大成,在岁月的洗练中董其昌的艺术技巧、艺术感悟得到了净化与升华,摆脱了形摹束缚,达到了"驾古人而过之"的艺术境界。

董其昌以降的清代画坛,有一个十分有趣的现象,除了"四王"的正统派,还有以朱耷、石涛等为代表的个性画家,两派在风格和理念上大相径庭,但是他们都将董之学说视为必须,都将董之理念作为滋养。这也正说明了董其昌把继承传统与艺术独创统一了起来,做到了"集古大成,自出机轴"。

在董其昌的身上我们看到了书画艺术的魅力,体会到了书画的传统不在于华丽的形式,而是深藏于大师作品之中的人文精神;同时也体会到了艺术的发展和进步离不开对传统的继承以及跟随时代的创新。没有继承就是无根之木、无源之水,没有创新就是水中之月、镜中之花。"不忘历史才能开辟未来,善于继承才能善于创新",同样,“发展是最好的纪念,创新是最好的继承”。董其昌的理论无疑有着时代的局限性,但是他身上所体现出来的艺术品格、思想光辉,依然值得我们以崇敬与仰望的情怀对他进行追思,从他的思想光芒中感悟其中蕴含的美学精神及当代价值。

(栾开印　江苏省文化艺术研究院)

◦ 名家经典何须“鸡汤”名?

近年来,又长又造作的“鸡汤体”书名开始流行,爱、孤独、遇见、牵手……这些流行煽情话语,变成图书封面上的高频词,如今的图书市场上,这类有“鸡汤体”书名的图书不仅未见减少,反而愈加“繁盛”,完全是傍上经典名家“死不撒手”的节奏。

比如,有的出版社出版的《愿你一生清澈明朗》《你若爱,生活哪里都可爱》《你是这世界的慈悲:丰子恺说刹那与永恒》《愿所有遗憾都是成全》等书,把现代著名画家、散文家丰子恺搞成了不折不扣的“鸡汤大师”。

民国女作家萧红的作品被编排成《遇见你,遇见不变的纯真》,却淡化了其苦难内涵。民国女作家石评梅的散文、小说,以表达情感苦旅和内心彷徨为主,但其作品出版的时候,却大都变成了如此轻飘飘的文字《你来过,愿记忆终究美好》。出版汪曾祺的作品,走的也是轻飘路线，诸如什么《一定要，爱着点什么》《不如喝茶聊天乘凉去》《生活，是很好玩的》《吃好玩好，日子过好》等等。在长长的“鸡汤体”书名包裹下，这些严肃文学作家俨然变成了絮絮叨叨的心灵导师。

我们知道，沈从文多以乡土小说写作为主，作品充满了对人生的隐忧和对生命的哲学思考，但在“鸡汤体”书名的侵袭下，沈从文成了最大“受害者”。《我明白你会来，所以我等》《我只爱过一个正当年龄的你》《想牵你的手，在青山绿水间》《我想牵你的手，走过这座桥》《我们相爱一生，一生还是太短》《遇见你之前，我以为我受得了寂寞》《我就这样一面看水，一面想你》……这些图书都是沈从文的小说、散文合集，其中《边城》《萧萧》《三三》出现频率最高，但如此书名，沈从文全然被包装成了情爱高手，不熟悉沈从文的读者会以为，沈从文净写爱情小说了，就没干别的。

回顾这几年的图书文化市场，刮起过一股“书名”营销、促销风。有的图书，采用“语不惊人死不休”令人啼笑皆非而吸引人眼球的“奇长书名”“奇葩书名”“雷人书名”；有的图书名字，堆积空洞华丽无用的辞藻，网络言情味十足；有的用“花花绿绿”的、长长的“鸡汤体”；有的图书改头换面、涂抹包装……总之，在图书书名上“花样翻新”“巧立名目”“博人眼球”，可谓做足了文章。

图书出版为何热衷于“鸡汤体”书名？“心灵鸡汤”长期占据微信朋友圈，“鸡汤”类图书也随之流行于市场，所以，“鸡汤体”书名的流行，不只是这样一种阅读文化趣味的折射，反映了一种流行文化现象，更是一种迎合市场的商业行为。

有读者批评把沈从文包装成“情爱高手”的做法，“为啥硬是要把沈从文往忧伤的烂俗调调上拉？就不能起点正经的书名吗?”“这叫向资本低头!”“你们能不能别这么糟蹋经典,千万别因为书名错过沈从文先生的细腻与真诚。”可见,大部分读者对于“鸡汤体”书名,把名家名作随意乱取名博读者眼球的行为,持质疑和反对的态度。

现下图书出版市场,为何盛行给经典作品改头换面、涂抹包装?这从侧面反映了当今图书出版的浮躁之风。理想的图书书名设计,可以使书籍内容与形式得到完美结合,但毕竟书名只是书的一部分,不能囊括一本书的内容;而历史价值、精神价值和审美价值,才是书的思想、理性和情感,也是一本书的核心和灵魂,是书美不美的根本。如果作品本身脍炙人口,它的外表如何并不重要,从某些意义上说,愈是好书,对于书名、封面设计等装帧的要求就愈低。

因此,书籍不能仅仅是看起来很美,热衷于起一个“漂亮”的、符合流行趣味的书名,根本的是要考虑书名和作者创作的关系,图书的书名应该跟这本书的写作风格、当时的时代文化环境、历史风貌特色进行适当搭配,保持气质一致。上面所说的那些图书,都是名家之作,都经历了岁月的考验,其文化思想价值影响深远,根本不需要书名和包装的“噱头”,只需原汁原味即可,借用老子的话来说,最好的音乐是听不见的,叫大音希声;最好的图画是看不见的,叫大象无形;而最好的设计,也许是看不出来的。

(许民彤　河北探矿机械厂)

◦ 文艺的“身入”“心入”“情入”

作家、艺术家如何创作出让人民满意的优秀作品？文艺界很多人士一致认为，要创作出让人民满意的优秀作品，作家、艺术家不仅要“身入”，更要“心入”“情入”，推动建立“深入生活，扎根人民”的长效机制。

文艺创作要“身入”，更要“心入”“情入”，这些方面的生动例子俯拾即是。很多人认为《创业史》伟大，是因为柳青为写《创业史》落户农村，跟农民群众同吃同住了十四年；很多人惊呼《战狼Ⅱ》精彩，是因为吴京为了拍戏，到部队当了18个月的“兵”，体验了从义务兵到士官的每一个岗位……大量文艺创作的故事，揭示了“文艺创作方法有一百条、一千条，但最根本、最关键、最牢靠的办法是扎根人民、扎根生活”。

自2014年10月15日习近平总书记主持召开文艺工作座谈会

并发表重要讲话以来,广大文艺工作者心静了下来,身子沉了下去,“深入生活、扎根人民”渐成风气。

高满堂是中国电视艺术家协会副主席,在业界有“金牌编剧”之称,创作了《闯关东》《老农民》等优秀作品,别人请教创作秘诀时,他说:“我哪有什么秘诀?如果非说有秘诀的话,那就是深入生活。”

为了写《闯关东》,高满堂采访了200多人,足迹遍布东北三省和鲁西南地区,行程7 000多千米;为了写《老农民》,他花了五年时间,跑了6个省采访。高满堂委员对深入生活的一个细节,至今记忆深刻:为了挖到故事,他连续7天和《老农民》的人物原型,就着花生喝酒,“我们先是坐在炕上聊,后来蹲着聊,最后又坐到窗台上聊,就这样不断地变换姿势,不停地拉家常,唠农事……等从炕上下来的时候,鞋找不到了,原来炕下堆了一地的花生壳”……

文艺为什么要“身入”,更要“心入”“情入”?人民是历史的创造者,是时代的雕塑者。这就决定了一切优秀文艺的生命都源于人民,一切优秀文艺创作都是为了人民。只有永远同人民在一起,艺术之树才能常青。关在象牙塔里不会有持久的文艺灵感和创作激情。离开人民,文艺就会变成无根的浮萍、无病的呻吟、无魂的躯壳。一切有抱负、有追求的文艺工作者都应该追随人民脚步,走出方寸天地,阅尽大千世界,让自己的心永远随着人民而跳动。

文艺的内容,需要积极反映人民生活。今天,在我国约960万平方千米的大地上,14亿多人民正上演着波澜壮阔的“话剧”,国家的蓬勃发展,家庭的酸甜苦辣,百姓的欢乐忧伤,构成了气象万千的生活景象,到处充满着感人肺腑的故事,洋溢着激昂跳动的乐章,展现出色彩斑斓的画面。我们的文艺，应该有强烈的现实主义精神和浪漫主义情怀，观照人民的生活、命运、情感，表达人民的心愿、心情、心声。

文艺的基本态度是，走入生活、贴近人民，从人民的实践和多彩的生活中汲取营养，不断进行生活和艺术的积累，不断进行美的发现和美的创造。而且，这也是能够创作出在人民中传之久远的文艺精品力作的主要条件……这正像雨果所说“人民的心灵与天才作家的心灵相互沟通交流究竟能发出多少光明，那是任何人都预料不到的。人民的心与诗人的心互相结合，就会成为蓄存文明的伏特电池”。

有的作家没有很好地深入生活，对生活的认知和感受都不到位，只能玩点小技巧，或远离自己生活的内容，凭空写些历史题材。有的写他老家那点儿生活经验，或者道听途说一些故事进行编造；有的在书斋里，热衷写玄幻、穿越这类“空心”作品；有的仅仅靠新技术、互联网或大数据找灵感写故事；有的过着别人过过的“二手”生活，甚至“三手”生活；有的面对文学的市场化，存在着写作的功利倾向以及浮躁的心态，有着文学信念和文学理想的困惑。以上这些类型的作家创作出的作品的心灵状态、情感状态都游离于人民生活、时代生活，没有“身入”“心入”“情入”，没有解决好文艺观的问题，自然就谈不上出优秀作品，出大作品了。

（袁跃兴　河北交通职业技术学院）

◦ “闪小说”：一代人的新文学

在如今微博和微信盛行的网络时代，什么样式的网文最火最热？传播度最高最快？答案无疑是电脑、手机屏幕上铺天盖地的各种段子。与网络段子相对应，近十年来，正统文学派们也顺势而为，推出了一道名为“闪小说”的营养快餐。中国的图书市场上便多了一种叫“闪小说”的书籍，许多报纸杂志上也单独列出“闪小说”栏目来刊载此类短小精悍的佳作。

究竟何为“闪小说”？为何它能够在日益萎靡的图书市场上广受欢迎，掀起一股阅读的新潮流？

“闪小说”，在网络百科上的解释为“字数限定在 600 字内的小说新样式”。“闪小说”最早出现于天涯社区的短文故乡论坛，其名来自英文“flash fiction”的意译，“flash fiction”英文语境里指篇幅极短的小说，少的每篇在 55 个英文单词以内，多的每篇也仅为 1 000 个单词左右,指代一切微型小小说。“闪小说”则有些不同,“flash”词意为“闪光闪现”,译者重点借用了“闪”字。我认为“闪小说”的精髓亦恰恰在这个“闪”字上。

正如王国维所言,“凡一代有一代之文学”。每一个时代都有每一个时代的潮流,都会有每个时代风行的文体文风。“闪小说”正是借着快餐文化的列车才茁壮成长起来。2008 年,马长山和程思良主编的第一部“闪小说”集《卧底》,每篇小说限定字数在 210 字之内,这个数字正好是当时三条手机短信所能容纳的长度,这样设定的目的,是便于“闪小说”能通过手机这种新载体进行快速传播。新浪微博兴起,倡导了“微小说”需控制在 140 字之内,因为 140 字是一条微博纯字数的最大限定。目前,“闪小说”字数界定在 600 字内,则是出于对报纸杂志排版样式与图书出版界喜好的观察,再综合考量读者们的阅读习惯所定,600 字当作普通读本的一页容量,操作灵活,可插图配图,读者读起来也方便,在一分钟内便能读完一篇小说或一则故事。

何为一篇好的“闪小说”? 笔者认为应当具备以下三点特征。

“闪”:闪是暴风骤雨前的那一束闪电,闪是柳暗花明的峰回路转,能带给读者无尽的想象和读后感受,折射出形形色色的人物性格。如何体现“闪”的特质,除了从文字与语言上着手,“闪小说”作者们也可以在文体的表现形式上和题材方面上大做文章。例如纯对话的方式(对话体)、日记体、寓言体等等,“闪小说”的作者应当要比其他文体的作者多一分创新精神和勇于尝试的勇气。

“小”:小小说,是字数 1 600 字左右的小说。“闪小说”,长度要求控制在600字之内。更加短的篇幅,更加苛刻的条件限制,却要求刻画出同样鲜明同样生动的人物角色,要求创造出同样曲折跌宕的故事情节。写短其实不难,难的是短而精,短而妙,短而有美感。我最欣赏的一篇"闪小说"是《地球上最后一个人》,全文只有二十几个字,"地球上最后一个人独自坐在房间里。这时忽然响起了敲门声……"文字虽短悍,意蕴却无限。

"说":"闪小说"挂名在小说类别之下,文字和内容自然就得有小说的韵味,得有人物、情节、思想。"闪小说"一瞬间的画面追求永恒的深刻,得让读者读起来感兴趣,读后耐人回味。好的"闪小说"不单要有引人入胜的故事,还得有不平淡不平庸不随大流不落俗套的思想和意蕴。

近年来,报纸杂志涌现出许多优秀"闪小说",当然,也有不少人对"闪小说"这种"豆腐块"般的小文章持批评的态度,认为其不入流,上不得台面。但纵观近年的文学发展,如小小说文体,从不被主流认可到渐渐看好,再到风行市场,到2018年冯骥才的小小说集《俗世奇人》获第七届鲁迅文学奖,侧面印证了"短平快"写作与阅读正在成为普通民众的阅读写作主流。据不完全统计,近年来,出版的各类"闪小说"专著与合集多达数百种,发表在报刊上的"闪小说"作品更是数不胜数。可见,在信息爆炸、网络发达的当今社会里,特别是在节奏快速的都市生活中,"闪小说"大有作为。

(黄超鹏　广东省潮州市作家协会)

◦ 柳亚子教育子女的智慧及其启示

柳亚子早年是南社的发起人和组织者之一，是南社的主要代表人物。他是一位忠贞的爱国者，坚定的民主主义者，杰出的爱国诗人，是中国国民党革命委员会创始人之一，中国共产党的忠实朋友。柳亚子不仅爱国，也爱家，具有高尚的家国情怀。他对一子二女的教育，投入了大量的时间和心血，取得了非常令人钦佩的成效。

一、柳亚子教育子女的智慧

柳亚子教育子女的智慧是丰富多彩的。其主要有以下几个方面。

教育子女爱国。1920 年 10 月，柳亚子在《致柳无忌》的信中说："你说到学校以后，天天思念家中，家中各人都很好，很用不着挂念。一个人生在世界上，少年时代要读书，成人的时代，要替社会做事情。”“校中捐钱,你捐五角很好,再多些也不妨事的。”同年10月,柳亚子在《致柳无忌》的另一封信中说:“至已领来之童子军衣服等,如同学有人要,可以让去。”1939年10月,柳亚子在上海立下遗嘱,书付儿辈:“余以病废之身,静观时变,不拟离沪。敌人倘以横逆相加,当誓死抵抗,成仁取义。”这不仅反映了柳亚子爱国抗日的意志和决心,而且教育子女爱国抗日。

教育子女的理念与时俱进。柳亚子认为:“中国人老话说‘士习高会之典籍,工执父祖之矩矱’。这句话,实在是大错而特错的。因为世界上事事物物,都是不进则退,决无中立的余地。”他还说:“中国人喜欢崇拜祖先,追怀古昔,而不想做一个跨灶的儿孙。倘然照这种人的办法搅下去,一定是非先由人类退化为猿猴,再由猿猴退化为下等动物不停止。”“但倘然照妄人的议论,要在小学校中提倡读经,以妨害中华民族下一代国民的知想,那我又要效法鲁迅先生,大喊‘救救孩子’了。”

用唯物辩证法教育子女。1930年4月,柳亚子在《致柳无非》的信中说:“我是不相信命运的,……好好的一个人,为什么要听支配于命运呢?……世界上根本没有命运的一回事……我们应该积极的从学问方面找出一条康庄大道来,不应该消极的自陷于绝路呀!”“一个人要把理智来克服感情,不应该让理智为感情所克服。”1949年1月,柳亚子在《致柳无忌》的信中说:“你这部书,……我以为要从唯物史观的立场去批判他,才有道理。”

教育坚持人格上平等,从谏如流、自我批评。柳亚子主动坚持与子女在人格上平等,把子女看作自己的“小友”。他与子女大量通信末的署名几乎都用“亚子”“亚”“老亚”;偶尔署名“你亲爱的父亲柳亚子”,都用自己的名字,这样表明自己与子女是平等的。大量一手史料表明,柳亚子不仅坚持与子女在人格上平等,而且对子女的意见从谏如流,并且主动地做自我批评。

二、柳亚子教育子女的启示

柳亚子教育子女的经验和启示是多方面的。

父母须为子女树立优良的形象。2018 年 9 月 10 日,习近平总书记在全国教育大会上指出,办好教育事业,家庭、学校、政府、社会都有责任。“家庭是人生的第一所学校,家长是孩子的第一任老师,要给孩子讲好‘人生第一课’,帮助扣好人生第一粒扣子”。

父母是子女的第一任老师、首要老师、终身老师。有人说,子女是父母的“复印件”。有人说,父亲的格局引导子女发展的方向。这些说法,都是有道理的。大量的实践证明,教育子女不是依靠父母苦口婆心的劝说,而是需要父母努力提升自己的素养,为子女树立优良的榜样。历史上,柳亚子夫妇就是这么做的。今天,对于我们教育子女成为社会有用人才仍有借鉴意义。

父母要携手教育子女。父母应给子女一个温暖温馨的家庭,夫妻恩爱是有益于子女的健康成长的。父母要控制好自己的情绪和心态,积极处理家庭遇到的各种问题与困难,教育子女怎样面对成功和挫折,培养子女的合群意识和行为,使子女在社会上较好地生存和发展。

1983 年,柳无非在怀念父母的文章中说:“父亲与母亲感情弥笃,五十余年,晨昏相伴,患难相依,风雨同济,甘苦与共。父亲性情爽直豪放,有时倔强善怒,但对母亲温和顺从。……把母亲比喻为燕妮,表达了对母亲的恩爱、敬重、感激和期望之情。”柳亚子夫妇的甘苦与共为子女树立了榜样。

教育子女的目标要远大和高尚。教育子女是一门科学,也是一门艺术。关键要有科学的顶层设计,在教育子女的目标上要培育子女拥有家国情怀。教育子女不能只顾自家,不顾国家;只顾自我,不顾他人。在价值追求上要教育子女力求融入社会,具有高尚的人格和奉献社会的精神。

教育子女的理念要与时俱进。特别值得注意的是,柳亚子在20世纪40年代就主张男女平等,认为儒家学说不免有些“毒素”,不宜去提倡它,不要开倒车,更不要做青年的绊脚石。

21世纪,中国特色社会主义进入新时代,我们如何对儒家学说取其精华,去其糟粕?七十年前,柳亚子站在历史和时代的前沿,用与时俱进的理念教育子女、教育青年的主张和观点对我们还是有启迪意义的。

教育子女的方法、路径应多种多样。柳亚子既充分给予子女自主与自由,又在关键点上提纲挈领;对子女非常疼爱,但绝不溺爱。教育的方式有自由地玩,巧妙地引,在人格上平等,遇事与子女商量,不强势、不强制,给子女很大的个性成长空间。这些在今天也有重要的现实价值。

(左用章　南京师范大学)

○ 夜间经济还需多些文化味

随着社会经济的发展,白天工作、晚间休息的传统作息模式已悄然改变,夜间逐渐成为消费的重要时段。有人说,评价一座城是否为一线城市,最简单的方式是趁着夜色在城里走一走,看看夜生活的丰富程度,答案即在心中。

《国务院办公厅关于进一步激发文化和旅游消费潜力的意见》中提出"大力发展夜间文旅经济","到 2020 年,建设 200 个以上国家级夜间文旅消费集聚区"。由此可见,夜间文旅消费市场将快速持续扩大。

"夜间经济(Night-time Economy)"一词是 20 世纪 70 年代英国为改善城市中心区夜晚空巢现象而提出的经济学概念。夜间文旅经济是夜间经济和文旅经济的结合,是将文化和旅游作为重要元素植入夜间经济,可以在提升夜间经济消费水平、促进区域经济高质量发展的同时,推动国家和地方文化的传承与发展。中国旅游研究院发布的《夜间旅游市场数据报告2019》(以下简称《报告》)显示九成以上游客有过夜游体验,夜间的旅游收入占到夜间收入的近三成。

《报告》显示游客多元化的夜游需求中,对“夜间文化节事活动”“文化场所夜游”等活动的选择明显高于夜间美食/夜市、城市街区购物、电影/酒吧/KTV等活动,可见文化体验已经成为夜游体验的重要组成部分。但是,目前看来,许多地方夜间文化旅游还停留在“逛逛吃吃”、坐观赏游轮、看歌舞演出上。夜间文旅市场应当在资源挖掘上下功夫,从主题灯会、戏曲相声、非遗展示等多方面挖掘,向博物馆、图书馆、文化馆等公共文化服务要资源,推动演艺、游乐、动漫等文化产业与旅游业深度融合,持续扩大夜间文旅产品供给。

夜间文旅项目要突出地方特色,不断挖掘当地传统文化的精髓,同时将极具地方特色的现当代文化艺术创作融入其中。就拿各地开展得如火如荼的灯光改造工程来说,大部分城市、景区都进行了夜景灯光打造,夜间灯光秀也成为了各地夜间旅游的“主角”。然而,“灯光秀”带来的酷炫效果固然可以夺人眼球,但如果没有地方特色文化艺术的融入,“灯光秀”也仅仅只是一场没有灵魂的“show”,过眼即忘。我们更应该做“文化秀”,强调文化创意,以文化为主线,依托场景中的自然人文景观,再辅以灯光、多媒体等渲染手法,为观众带来视觉和听觉享受,认真讲好地方故事。如果总是“按套路出牌”,推出千篇一律、千城一面的“大而全”,不仅浪费资源,游客也不会买账。

《报告》显示,情侣出游和家庭亲子出游对夜间体验需求更高,位居前列,以18～24岁和25～34岁为代表的“80后”“90后”中青年群体夜游消费最高，而这两个年龄段也正好是情侣游和家庭亲子游的主体。夜间文化旅游要更加注重对接这类游客的夜游需求，主要包括主题游、体验游、研学游、运动游，区别于以往走马观花式的传统游览需求——看个景、拍个照、到此一游，这几类夜游需求更加注重旅游的深度，追求沉浸式的文化感知、体验和互动。这就要求各旅游地从“重内容”向“重体验”转变，鼓励、促进文化旅游和现代技术相融合，充分利用“5G”、超高清、增强现实、虚拟现实、人工智能等先进技术，开发新一代沉浸式体验型文旅消费内容，打造有内涵、有品质、有活力、有创意的夜间文旅品牌。

（周宇　江苏省文化艺术研究院）

。戏曲戏剧评论。

我国是戏曲戏剧大国,从古至今经典作品灿若繁星,充分展现了中华文化的博大与繁荣。戏曲戏剧是一个时代社会发展的缩影,也是一个国家文化繁荣的体现。当代中国经济发展使原有社会结构和运行方式发生了很大的变化,人民群众思想解放,文化生活空前繁荣,这催生了大量当代戏曲戏剧的创作。江苏作为文化大省,每年产出大量的戏曲戏剧作品,其中有通过新模式展现的传统作品,也有反映时代发展的新作品。戏曲戏剧的繁荣既是经济发展的标志,也是社会文化发展的体现。

◦ 精彩永不落幕

“第三届精彩江苏艺术展演月”于 2017 年 9 月 8 日开展，在为期一个月的时间里，集中展现了 27 台江苏省优秀剧目、6 台祝贺剧目、6 台文化惠民采购国外剧目和 12 个美术展览，美轮美奂，精彩纷呈。

现实题材大放异彩。活动中展演了一批讴歌党、讴歌祖国、讴歌人民、讴歌英雄的优秀现实题材舞台艺术作品，数量喜人，质量上乘，反映了全省文艺工作者正在奋力打造“思想精深、艺术精湛、制作精良”的艺术精品，正如资深剧评家姜志涛先生评价的，你追我赶，“势头强劲，生机盎然”。14 台戏曲剧目中，现代戏就有 11 台，近八成；8 部文华大奖获奖作品，有 4 部是现实题材，占比一半。这些作品，弘扬了时代主旋律，充满了正能量，反映了人民群众正在进行的创造新生活的伟大实践。陆续发表的 8 篇全国资深戏剧评论家的剧评，对这届文华大奖获奖作品给予了较高评价。省京剧院创排的现代京剧

《向农》是其缩影和代表。它讲述了一位村支书在生命的最后90天带领乡亲们共同致富的感人故事。剧本前前后后修改了不下十六七次,导演等主创人员专门到习总书记当年插队的梁家河村采风,把总书记对人民浓厚真挚的情感带到了剧中。演员的表演充满激情,在体现时代精神的同时,充分保留了京剧特有的程式化特征,“夫妻背”“三杯酒”等精彩片段将京剧的唱、念、做体现得淋漓尽致,唱腔原汁原味,令人回味无穷,将基层党员干部一心为民、精准扶贫的形象鲜活地立在了舞台上。

基层院团争奇斗艳。文艺创作最根本、最关键、最牢靠的办法是“扎根人民、扎根生活”。江苏是戏曲大省,剧种多,区县级专业戏曲院团有50余家。近年来,江苏基层院团扎根生活,深耕艺术,许多作品充满泥土芳香,已连续两届担纲中宣部、文化部主办的全国基层院团戏曲会演开幕式演出。在第三届精彩江苏艺术展演月上,基层院团各展风神、广受赞誉。8部文华大奖获奖作品中,有7部来自市县基层院团,其中3部来自县级剧团。涟水县淮剧团创作演出的《留守村长留守鹅》,从编剧、导演到主演全部来自江苏省,充满悬念的剧情设计,诙谐风趣的台词唱段,质朴无华的本色表演,使观众在笑声中记住了泥巴村那位质朴厚道的普通党员村干部陆二黑的形象。常州市武进区锡剧团创演的《玉兰花开》,根据“全国公安机关爱民模范”常州民警陈静的真人真事改编而成,剧组深入生活,讲真心,动真情,成功塑造了一位敢于担当,勇于奉献的新时代好民警形象。

惠民活动百姓喝彩。满足人民群众对美好生活的向往,保障人民群众的基本文化权益,是文化工作者责无旁贷的使命与责任。展演月采取了一系列惠民措施，所有剧目都采取惠民低票价政策，最高票价不超过180元，50%以上的票价在100元以下。同时，对军人、学生、残疾人、低保户等特殊群体采取特殊优惠政策，更多惠及人民群众，吸引了4万多名观众走进剧场。除南京博物院“青藤白阳”特展外，12个展览项目和第三届江苏省艺术品博览会全部免费开放，吸引了10万多名观众走进博物馆、美术馆。

歌剧《二泉》收官精彩。作为此次艺术展演月闭幕演出的民族歌剧《二泉》，由江苏省文化厅和无锡市政府合力打造，是江苏省二十多年来创排的首部民族歌剧，贯彻了党中央关于振兴民族歌剧的指示精神。该剧生动讲述了江苏二胡名曲《二泉映月》和民间音乐家阿炳的故事，表现了天才阿炳在黑暗中追求光明、在苦难中探索艺术的曲折历程，充满了浓郁的江苏特色和地域元素。歌剧结构流畅，情节感人，音乐动听，艺术感染力很强，犹如出水芙蓉，光彩照人。总政歌剧团原政委乔佩娟同志为组长的文化部专家组观看后给予了高度评价。

凡事有生就有灭，有聚必有散，打造所谓永不落幕的节庆展会，正如制造永动机一样荒谬，但精彩永不落幕！虽然“第三届精彩江苏艺术展演月”已经落幕，但8台文华大奖获奖剧目和文华美术奖获奖作品将在全省和国内部分城市巡演巡展。艺术展演月的精彩成果，将永远载入江苏当代文化发展的史册。

（徐耀新　原江苏省文化厅）

○ 跌个跟斗抓把泥，故事尴尬人正气

——看喜剧《留守村长留守鹅》

江苏的地方戏曲，追踪时代，饱含着一方百姓的喜怒哀乐，梦想期盼，向上向善，激情燃烧，欣欣向荣。其中，涟水县淮剧团的新剧目《留守村长留守鹅》堪称佳作，深受观众的热忱赞美，其所取得的成绩值得认真研究。

窃以为，这出戏至少有三点可喜的成果。

一是，倾尽全力塑造主人公陆二黑的生动形象，不仅把人物放在尖锐的戏剧冲突中刻画，更着力揭示他的心理变化，努力呈现其内心世界的真实性和独特性，让观众深受感动。戏一开头，主人公陆二黑的“优秀村干部”落选之后，又飞来了“横祸”——由于无知，“汇水鹅”在没有及时注册的情况下，竟被指为侵权，而且责任无可推卸。面对即将发生的百万元罚款，他犹如热锅蚂蚁，焦急而无助：“去躲避？迈不开步！去装病？哼不出声！去耍赖？张不开口！去哀求？不知向

谁去磕头……”观众从中看到的不仅是小人物的惶惶心态，更会体味到他的厚道和诚实。面对毫不留情的原告，在历经用“五粮液”（杂粮粥以及杂鱼萝卜干之类）讨好不成，登门闯入求情不得，门外苦等无用之后，他只能砸自家的“锅”，卖自家的“铁”，把自己唯一的财产，准备与白天鹅结婚的新房卖掉，还要乞求原告五折冲抵……如此这般，“外祸”又转为“内乱”，老恋人白天鹅岂能容忍？！陆二黑的命运之船再从浪谷卷上浪尖……但是，无论怎样颠来荡去，他心底有一本“干部哲学”：“吃亏才能出素质，吃亏才能出人格，吃亏才能出威信，吃亏才能腰杆直……我大半辈子把亏吃！好不容易才吃出个不被人怨、不被人恨、不被人怒、不被人骂，坦坦然然、堂堂正正、快快活活的陆二黑”。这就是没有桂冠的“这一个”村干部的可亲与可敬！

除了正面描绘，还有一个手段，那就是从原告钱哆哆那里“倒映”出陆二黑的形象，即从反对、怀疑、考验等等对立角度，由外入内，由冷到热，由驳斥到宽容，由轻视到敬重，产生了明暗对比，正反衬映，把陆二黑形象立体凸显出来。再加上白天鹅的期待、嗔怪，留守妇女的拥戴、调侃，犹如细部修饰，让主人公形象逼真生动起来。还有一个非常重要的因素，就是饰演者陆前生质朴无华的表演，使人觉得他就是陆二黑！

二是，喜剧手段的编织，让观众在会心一笑中渐次深入地被感染。喜剧是人类笑着对过去的诀别。这里的“诀别”不仅是对腐朽势力的否定，而是将它与对先进势力的肯定统一起来。《留守村长留守鹅》更侧重于对先进势力的肯定，运用了反差、误会、悖谬，以及在尖锐冲突中令人忍俊不禁的陡转，一次次产生了明显的喜剧效果。例如,开场,落选回村的陆二黑迎面遇到的却是白天鹅等留守妇女的"热烈祝贺";把兴师问罪的原告当成了买鹅的客户欢迎;人家要对簿公堂,陆二黑却以说声"对不起"来应付;为讨好冷冰冰的原告,竟端上所谓"五粮液"(杂粮小吃);陆钱双方相反相成,矛盾白热化时,干戈化玉帛……陆白二人葡萄架下的谈恋爱一正一反,一明一暗,一热一冷,陡然风波起,甜言变恶语,晴天响霹雳;原被告刚刚携手,又被传绯闻……如此这般,台上台下笑着向"过去"诀别。

三是,不少唱词显示了淮剧歌唱艺术的特点,流畅、优美、巧妙、智慧,唱到激昂处,热情如火,一泻千里。陆二黑被百万元罚金"打"蒙了,面对那棵歪脖树,他倾诉真心:"前是崖,后是河。左无路,右无船。我成了一个无依无靠无帮无扶无计无措无勇无谋的无用村官。又看到村前这棵歪脖子树,它想挺拔腰已驼,半在岸上半入水,咬牙挣扎任折磨。自己忍受风霜苦。多少年,我有难事在树下转,与你唠叨吐辛酸"。听到这里,不禁让人想到《西游记》中唐僧面对古老的铸钟产生的种种遐思,悲悯之情在观众心中油然而生。而最后钱哆哆的那段独唱,更可以视其为天下村干部的质朴而充满生活气息赞美诗:

"村官这个芝麻绿豆官,

却管着,百家衣食,百家冷暖,百家平安,

百家富裕,百家烟囱百家船。

张家长来李家短,

一碗清水怎么端?

东家粗纱西家线,

一个针眼怎么穿?

村官是村民的主心骨,

村官是村庄的管家婆。

村官是新农村的铺路石,

陆村长呀,愿我俩,都做这棵,守着庄圩,

守着泥土,守着家园,守着乡愁的槐杨树!”

反复使用的排比,无处不在的明喻和借喻,信手拈来百姓的习常惯见,散发出纯真的泥土清香。

当然,就文学剧本而言并非无可挑剔,能指出的瑕疵也不只一二。但最重要的是,涟水县淮剧团的这出戏有力地证明了江苏地方戏曲坚持以人民为中心的创作,是活力蓬勃之根本所在。

（欧阳逸冰　中国儿童艺术剧院）

一台入人心的好戏

——评锡剧《玉兰花开》

常州市武进区锡剧团创演的锡剧《玉兰花开》(姚金成、李云编剧,张平导演,沈惠兰主演),是根据“全国公安机关爱民模范”称号获得者常州民警陈静的真人真事编排的,但这台戏不是简单照搬生活的宣传品。该剧主创人员在深入生活、开掘生活、提炼生活的基础上,艺术地表现改革开放年代的火热生活,倾情演绎陈静的美丽人生,在舞台上塑造了一个爱憎明于心、喜怒形于色、为民做主、敢于担当的时代好民警的典型艺术形象。《玉兰花开》接地气、入人心,符合当前广大观众的审美期待,公演后,反响热烈。

全剧从三个方面彰显了陈静的精神品质。

一、化解群体事件,勇于担当

大幕拉开时,长三角城市博览会开幕前夕的龙城,笼罩在一片平静、祥和的氛围里。可这时在高架桥下农民工居住的工棚内,却正在刮起一场风暴。

一群农民工,因为在半年多的时间内用了各种办法都讨不到建筑公司拖欠的薪金,实在无法忍耐,准备在城市博览会开幕当天把事情闹大。他们联合数百人准备堵路、封桥,从四个方向出发,到会展中心向省、市领导请愿,并在闹市区天桥上挂大幅标语。有的人还扬言:问题不解决,就从天桥上跳下去!

在紧急关头,负责调解民事纠纷的民警陈静来到农民工的工棚,面对情绪激愤的农民工,陈静以诚相待,主动担责,耐心倾听农民工兄弟的心声,了解欠薪问题的症结,情辞恳切地疏导部分人员的过激情绪,主动聘请维权律师帮助农民工依法讨薪,并承诺如果问题还得不到解决,就到工棚中和农民工一起安家,一起上街请愿。

陈静的坦诚、理性和勇敢的道义担当,化解了农民工心中的寒冰,终于促成了讨薪问题依法仲裁结果的出炉。

但就在这时,一波未平,一波又起。由于建设方拖欠承建方的建筑款,建筑公司老板跑路躲债。陈静不依不饶,到邻城找回了躲债老板。同时她越级向市长反映情况,得到大力支持,最终建设方转变态度,解决问题,化解了风波。

二、破解人际关系,光明磊落

在《玉兰花开》第四场中,当新来的派出所所长赵葆康得知民警陈静为农民工讨薪的事去找了市长,心中升起了一种莫名的忐忑,他立即找来了陈静。下面,就演出了一场有趣的对子戏。

赵:给你说点事。老同学,你行啊!讨薪讨到王市长那里了!

陈:怎么?不可以吗?

赵:可以,可以!刚才局长给我打电话了,还表扬了你呢!嘿嘿!

陈:王市长满口答应了,说要亲自过问,尽快落实农民工讨薪一事。同时,王市长还感谢我给他反映了重要情况。怎么……?

赵:你这个人啊,让我咋说你啊!(原地转圈)

陈:你转啥圈,有话说呗!

赵:你知道欠农民工工资的是哪家公司吗?

陈:当然知道,是龙浩房地产公司,这是个连环债。

赵:你知道这个龙浩公司的董事长是谁吗?

陈:是王市长的小舅子。

赵:咳,你都知道啊!

陈:知道,咋了?就是因为是王市长的小舅子,我才去找王市长的。

赵:(又在原地转圈)陈静啊陈静!你……

(唱)要说我也该表扬你几句,

毕竟你为工作吃苦卖力。

可是呀,农民工讨薪事千头万绪,

谁不知那是神仙头疼的大难题。

你讨薪居然讨到市长那里去!

你呀你,老同学,你知不知做事要有规矩?

……

这件事到此为止你莫再管,

给你放假，这也是为了保护你！

这段戏典型地勾勒出了当前在市场经济大潮中被扭曲的人际关系。在赵葆康看来，按这种扭曲的人际关系行事理所当然，天经地义。但陈静坐得正，行得正，光明磊落，就是不听那一套！看到这里，观众无不为之拍手称快！

三、舍小家为大家，情义无价

民警陈静以高度的责任心和对百姓的大爱情怀，以高超的驾驭能力和睿智的语言技巧，成功地化解了各种社会矛盾纠纷。她先后受理各类社会矛盾纠纷数千起，化解成功率达98%以上。陈静为保一方平安、为增百姓福祉做出了令人感佩的卓越贡献。

但在陈静对社会做出这么大贡献的背后，她最大的亏欠就是对家人的顾及不周。面对身患绝症、聚少离多的丈夫，她没能尽到一个妻子的责任。丈夫理解她、支持她，甚至抱病协助她完成工作任务，这更使她内心感到歉疚。缺失母爱的儿子不理解，对她埋怨、冲撞，甚至说她是一个不称职的妈妈，她一点也不责怪儿子，默默用加倍的行动来补偿。陈静内心的痛苦，只有她的同事，还有她真诚服务的群众知道。他们感佩她这种舍小家为大家的大爱情怀，也都愿意为她分担一些家庭责任。以爱易爱，这是锡剧《玉兰花开》展示的最感人至深的一幕。

（刘俊鸿　江苏省戏剧家协会）

◦ 正是孩子圆梦时

——评舞剧《小萝卜头》

国庆节的前一天，是法定的国家“烈士纪念日”。这一天，在天安门广场要举行向人民英雄纪念碑敬献花篮的仪式，党和国家领导人均会出席。人们在英雄纪念碑前，寄托哀思，缅怀英烈。中华人民共和国这座大厦是由无数英烈用热血和身躯奠基而成的。在这些应该被永远铭记的英烈中，有着共和国最小的烈士——“小萝卜头”宋振中。他生于江苏邳州，随共产党员父母入狱，在 1949 年 9 月被害于重庆渣滓洞。

这是一个后人不应忘记的特殊的烈士。我们有责任用各种形式将他的斗争生活、英勇事迹和革命人生表现出来，作历史的传承。舞剧《小萝卜头》就是这样一部作品。全剧以敌人囚禁和杀害共产党人和革命者的渣滓洞为背景，细致地展示了生活在渣滓洞囚牢里的“小萝卜头”和他的父辈一起与敌人开展的“特殊战斗”。从无辜随父母入狱、在牢房里生存下来，到得到难友照顾学习成长，再到利用孩子的方便传递情报进行狱中斗争，直到他们期盼的中华人民共和国诞生前夕牺牲于渣滓洞。

在这个特殊的环境里，描写这样一个特别的人物，作品注重从孩子的眼光出发，通过他的所见，既表现出了敌人的残暴，也体现出了革命者的坚贞不屈；既有敌人的无所不用其极，又有难友们的大智大勇。这是其他孩子无论如何也想象不到、无法经历的。正是在这个过程中，我们的主人公“小萝卜头”成长起来了。所以，舞剧用较重的分量来突出“小萝卜头”的斗争方式，与敌人巧妙周旋，聪明地穿梭在大人们之间，机智地传递情报。在这些片段中，小英雄的形象得以展现。

作品的另一个着力点是再现人物的内心情感和坚贞精神。在高墙下，囚牢中，主人公的活动余地非常有限；失去了人身自由，他们必然是插翅难飞。这种境况下，表现他们的思想和精神就是最重要的手段了。舞剧有大量的场面是写面对面的冲突，直接的肢体对抗，以说明革命人的勇敢、顽强、坚毅和不屈，但作品更强调的是内在思想和精神层面的抒发。《囚徒歌》《一个共产党员的自白》等流传至今的革命诗歌，就产生于狱中。当这种豪情迸发于牢室的时候，也正是心灵舒张的时候。在这种气壮山河的时刻，怎么能不舞之蹈之？

听——

为人进出的门紧锁着，

为狗爬出的洞敞开着，

一个声音高叫着：

——爬出来吧，给你自由！

——我渴望自由，但我深深地知道，

——人的身躯怎能从狗洞子里爬出！

我希望有一天，地下的烈火冲腾，

将我连这活棺材一齐烧掉，

我应该在烈火与热血中，

得到永生！

看——

“小萝卜头”在豪壮声音中飞起来了！他的父兄辈飞起来了！

台上的舞姿是剧中人的心灵外化，也是观众心情的共鸣。

这种艺术气氛的营造，在该舞剧中多次应用。特别是在最后，黎明前最黑暗的时刻，曙光就要来临，天安门城楼上即将响起震惊世界的宣布，可在渣滓洞里，疯狂的敌人垂死挣扎地把屠刀伸向了英雄们，伸向了“小萝卜头”。这个时刻，我们看到，先烈们在做一件最神圣、最豪迈的事情——绣一面五星红旗！他们把为之奋斗的革命理想与无限热爱，寄托在这个举动上，为他们的事业抒写了最后一笔，走完了他们最壮丽的人生。

他们也在这个情景里得到了永生！

观众们正是怀着这种崇敬的心情，走进剧场，面对舞台，盼望与先烈们做一次思想和情感的交流。我们看到，剧场里满是戴红领巾的人，不管是孩子还是成人。

这就是舞剧《小萝卜头》的感召力。你会不知不觉地跟着孩子们哼起：

我们是共产主义接班人，

继承革命先辈的光荣传统……

（方鸿友　江苏省文化和旅游厅）

◦ 新编戏曲如何反映现实主题

——评大型原创现代扬剧《湖湾金秋》

开学之际,地处偏僻的湖湾中学却陷入了困境。一方面是“撤并”的传言沸沸扬扬,另一方面是两位支教的教师面对现实的环境选择了离去。湖湾中学有没有可能撤并?这不仅牵动剧中家长、学生的心,也牵动着观众的内心。江苏艺术基金2017年度资助项目扬剧《湖湾金秋》一开场便引发了观众的思考。

在贫困地区,师资严重缺乏已经是教育系统的一个突出问题。而该剧以师资缺乏为切入点,更加全面连贯地反映了乡村基础教育的许多困境。“我们湖湾中学本来就比不上城里的学校!”剧中“家长”的牢骚在现实生活中一点都不陌生。为了解决师资难题,湖湾中学的优秀毕业生叶知秋调离了县教育局教研室主任一职,接替恩师卢惠荣担任校长,一同前来的还有师范大学实习生梅雨婷。事情似乎有所转机,而更大的问题却在等着她们……

叶知秋和梅雨婷作为中青年教师的代表，不可避免地与老校长卢惠荣因为“火炬小组”的立废问题产生冲突。是否应该给成绩优异的学生“开小灶”，加强辅导？这不仅是剧中人物思考的问题，也是当代教育界思考的问题。一方面是“有教无类”的呼声，另一方面是“因材施教”的辩驳。一边是教育部门三令五申的禁止，另一边则是升学率带来的压力。现实中的教育不公平现象在剧中得以表现。

如何实现教育公平，真正落实“因材施教”？剧中叶知秋用行动给教育工作者们提供了有益的参考——根据学生的兴趣与爱好，成立丰富多彩的兴趣小组，以提高学生的学习兴趣。这样的编剧思路，不得不说是这出戏的一个亮点。

作为现实题材的新编戏，应该如何更具有现实意义？或者说，新时代需要怎样的新编戏？这是每个戏曲工作者应该思考的问题。新编戏不应该止步于反映现实，而更应该给现实带来更多的方法论，以供参考。这也是《湖湾金秋》与众不同的地方。

作为教育题材的新编剧，《湖湾金秋》也细致地反映了教育观念革新带来的矛盾冲突。剧中叶知秋与梅雨婷将课堂搬到校外，带领学生走进大自然，激发学生的灵感，锻炼学生的口头表达能力和写作能力，然而这却成了教师与家长产生矛盾的导火索。实际上，叶知秋和梅雨婷所运用的现场教学法是一种很科学的教学方法。

剧中的这一情景，是我国新生代教师实施教学过程中常遇到的状况。笔者曾从事基础教育工作，切身感受到新式教学法的实施不仅需要磨合学生和家长，更会与老一辈教师的教学观念产生矛盾，这也是困扰着众多青年教师的问题。由此可见，编剧的现实触觉相当敏锐。

剧中还反映了另一个现实社会热点问题,那就是网络暴力。实习教师梅雨婷无意中与前来闹事的家长发生了肢体冲突,此事经过网络的炒作将叶知秋推上了风口浪尖。剧中叶知秋一句“难道教师也成了高危职业么?”多么地令人唏嘘。

现实中,教师也是舆论排行榜的常客,从“学生为老师打伞”到“女老师晒礼物”等等热点事件,面对网络的压力,教师的一言一行要比过去更加谨慎,稍不留意,就会被“人肉”,被“炮轰”,这无疑给观众带来了深层次的思考,这也是该剧“接地气”的体现。

从一个社会热点出发,再交织其他社会热点,这是《湖湾金秋》在创作上的与众不同之处,观众看到的并不是一个平面,而是这出戏折射出来的多面体,这不禁令人感慨编剧的高明。

值得注意的是,本剧对剧中配角的处理也十分巧妙。比如剧中的患病学生李水莲,从腿部残疾、打算弃学到恢复健康、学业进步,编剧将她作为叶知秋教育成果的一个见证;又如剧中的富二代傅小宝,其父答应为学校贫困生捐资,傅小宝因此破格进入“火炬小组”。不得不说,编剧在这里对部分地区存在的教育乱象进行了讽刺。

纵观全剧,叶知秋、梅雨婷经历了“踌躇满志”“遭遇困难”“失望困顿”“豁然开朗”“重拾信心”的成长过程,这是剧中角色的蜕变,也是现实中新生代教育工作者的必经之路。

客观来看,《湖湾金秋》是扬剧中具有创新意义的作品,对于我国新编戏曲而言,《湖湾金秋》独具匠心,具有强烈的现实意义,无疑给新编戏曲的创作带来了新思路。

（王艺翰　南京师范大学）

◦ 评锡剧《大风歌》

刘邦、项羽、萧何、韩信等楚汉人物，历来是文艺作品的热门题材，大概由于历史上对刘邦的评价褒贬不一，因此以刘邦为主角的作品并不算多。电视连续剧《大风歌》是以写实形式展现历史原貌的正剧，粤剧《汉高祖刘邦》是以片段式的闪回回忆刘邦一生的戎马生涯，而最新上演的江苏省锡剧团的原创大型历史锡剧《大风歌》则以意蕴深远、庄谐相映的史诗剧凸显出独特的审美品格和艺术哲思。

锡剧《大风歌》（编剧贾璐，导演韩剑英）聚焦于大汉初建时内忧外患的历史背景，刘邦身处于异姓诸侯王纷纷叛逆的危境，对丞相萧何从心存忌惮到尽释前嫌，立誓携手同心共建大业。该剧以刘邦与萧何两位智者的对话为主线，以刘邦对家乡父老乡亲的眷恋为副线，展现了刘邦在轰轰烈烈开创帝国后守业的艰难，抒发了刘邦对君臣相得巩固基业、君民共融国泰民安的美好愿景的渴盼。

该剧还以大历史观的视角诠释刘邦在整个历史发展进程中所起的作用,没有局限于一人一时一事,也不执着于历史人物的善与恶的道德评判,而是力图从刘邦晚年时的复杂心态和内心世界中去寻觅历史发展的规律,从而让观众感悟到与现实一脉相承的历史精神。

全剧舞台呈现的风格与刘邦所作的《大风歌》十分吻合:历史背景高度凝练,内涵意味深邃悠长。既有宏阔壮丽之美,又有沉郁忧伤之美,把刘邦当年“夜走芒砀,酒醉斩蛇无所惧”,而今“身居皇宫内苑,又有虎贲之士护卫,却是一夜数惊,难安枕席”的心理状态渲染得淋漓尽致。刘邦在平定天下、稳固政权的使命感和紧迫感之下所产生的多疑与善变,揭示出人在特定的政治环境和人文环境中性格发展的必然性。

锡剧《大风歌》在历史场面的情景化、历史事件的个性化、历史人物的人性化以及主题思想的意蕴化等诸多方面都采取了高度艺术性的表达方式,舞台节奏的把握疏密得当、喜忧互衬,既厚重深刻又不乏幽默诙谐;既豪迈刚健又有温婉柔美的点缀。整台戏处在慷慨悲歌的大基调下,悲与喜、快与慢、静与动、阴与阳之间的调配恰到好处,引导观众进戏、入情。

第二场刘太公在庆功宴上酒醉,嬉笑怒骂间不仅将刘邦从布衣到皇帝的传奇经历漫画般地呈现出来,同时也因刘太公口无遮拦惹恼了刘邦,暴露出刘邦犹恐臣相功高盖主的极其敏感而脆弱的心理。

第三场爱妃戚姬对刘邦深情款款,情意绵绵,却也难以开释刘邦内心的忧虑深重。

第四场,刘邦满怀欣喜来到新丰县巡视,原以为,在长安城打造了与故乡丰沛一般模样的县城，让乡亲们都搬到京城安居，就能了却思乡之情，却遭遇了因长途迁徙乡亲们病死途中，以及京城百姓为被强占民田民宅聚集闹事的尴尬事件。种种的乐极生悲，使刘邦不论作为君王，还是作为儿子、丈夫，或是老乡、朋友，都怀有一种深深的愧疚感。

第五场是最能体现全剧思想深度和艺术意蕴的一场戏，萧何作为丞相，为刘邦承担罪责，自请下狱，朝野震动，刘邦悔悟，夜探萧何。一位心怀高远、忧患深重；一位忠心耿耿、进退两难。二人掏心置腹、披肝沥胆，分食东陵瓜，共忆往昔岁月的单纯与快乐，刘邦以瓜借喻："分则见赤心，和则圆溜溜。"在刘邦与萧何非同一般的君臣关系中，我们看到了一代帝王身上始终不能泯灭的"人"的本心，以及对回归本心的一种渴望。

最后一场中，刘邦还乡，跪拜在王婆膝下认其作亲娘，继而舞剑歌咏"大风起兮云飞扬……"时，"慷慨伤怀，泣数行下"的又何止台上刘邦一人啊！

小桥流水般的锡剧，出乎意料、非常出色地驾驭了这样一个雄浑厚重的帝王将相的题材，可谓锡剧历史上前所未有的突破，令所有观众惊喜赞叹！锡剧特有的温婉精致使该剧豪迈之余增添了几分文雅之色，与刘邦作为汉民族文化的开创者的历史贡献有着超越个体和时空的内在契合，使"演不尽"的大汉题材，在新的时代又具备了一份对中华民族祖先的尊重和敬仰的情怀。

欣喜之余，也不忘提两点不足之处：一是由于该剧涉及宏大而曲折的历史背景，对于事件的交代和每一场情节逻辑的衔接需要再清晰一些;二是《大风歌》的主题曲,词曲非常成功,穿插其中对形成该剧的舞台样式和意蕴的形成起到了关键性的作用,但第五场“探监”结尾处的运用应不必渲染得过于强烈,要与后一场的处理有明显的区别,否则会影响最后刘邦还乡歌咏这首诗歌达到最高潮的效果。

锡剧《大风歌》,首演就获得了不俗的成绩,希望不断打磨,不断演出,将来能够成为锡剧的精品剧目和保留剧目。

(罗松　《中国戏剧》杂志社)

○ 小武旦带来的惊喜

——评京剧传统武戏《泗州城》

南京紫金大戏院里座无虚席，上海京剧院在这里上演骨子老戏《泗州城》和《汾河湾》。说实话，绝大多数观众都是冲着瑜老板王佩瑜来的，要一睹她在《汾河湾》中的精彩表演，《泗州城》只是前面的一折垫戏。谁也没有料到，饰演水母的青年演员杨亚男竟给戏迷们带来了一个意外的惊喜！

《泗州城》剧情简单：女妖水母嫌泗州城的官民对她上供太少，要兴风作浪把泗州城淹掉。孙悟空奉观音之命，率众神捉拿她为民除害，经过一番打斗，最终将水母降服。

戏开演了，当杨亚男扮演的幻化成人形村姑的水母一上场，就令人眼前一亮；开口一唱，竟是满宫满调，高亢脆亮；挑着水桶轻移莲步，圆场走得婀娜多姿。这完全是一个标准的花旦形象啊！作为戏迷的我不禁为她担心起来：后面的武戏，这样一个漂亮的“花旦”能完成得了吗?

随着剧情的逐步展开,剧场内掌声渐起,随后越来越热烈,尤其在几处精彩处,几乎引起全场沸腾。在我看来,这场武戏成功的原因有三点。

其一,“玩意儿”过硬。从孙悟空现出原形打斗开始,杨亚男扮演的水母顿时从一个俏丽性感的村姑变成凶悍残忍的女妖。只见她一会儿抡刀,一会儿挺枪,一会儿耍棍,一会儿斗拳;或对打,或群斗,或把神将打败后得意洋洋地耍枪花。有时是一连转十几个旋子然后停住稳稳亮相,有时是向上高高抛枪然后反手接枪不偏不斜,有时是一跃而起越过伽蓝头顶轻盈落下,有时是巧妙单指直竖旋转小棍如同调皮的小儿在玩耍,至于翻滚跌扑、闪避劈叉等等更是不在话下。

特别令观众着迷的是她的“打出手”。只见水母被众神四面夹击,四个神兵的八支枪抛得满台飞舞,她则以拍枪、挑枪、踢枪、前踢、后踢、虎跳踢、乌龙绞柱踢及连续跳踢等高难度动作一一化解,越战越勇,甚至有时还在跃起时一手一脚把两支枪挡向不同的方向。

其二,“量”的积累迎来“质”的爆发。杨亚男 2010 年就读于中国戏曲学院第五届研究生班,向著名武旦前辈闫巍和武生前辈白云明学习这出传统戏。通过十几年刻苦练功和演出的“量”的积累,终于在这次演出中迎来“质”的爆发,当年老师指导的节奏细节都完全被她内化成了可以运用自如的表演,所以在舞台上她演得如行云流水般流畅,得心应手,甚至可以说对她而言,每一次演出,都是全然沉浸在创作之中,是一种艺术的享受。

“台上一分钟,台下十年功”,作为一个年轻武旦演员,杨亚男付出的汗水和精力大概是我们想象不到的。正如她自己所说，除了吃饭睡觉，她十多年来几乎把全部的时间和精力都用在练功演戏上了。也正因为她的刻苦勤奋，才能取得今天的成绩，得到观众的认可。

其三，充分展现“一棵菜”精神。当晚的舞台上演员众多，除杨亚男扮演的主角水母外，还有孙悟空、哪吒等神将轮番上阵，另有诸多龙套演员。整场演出气息连贯，一气呵成，演员之间配合高度默契，在杨亚男表演“打出手”时，其他演员将刀枪剑戟要得满台飞舞，竟无一失误！乐队的紧锣密鼓烘托出了紧张激烈的战斗气氛，待水母亮相，锣鼓收锤，整个剧场的气氛达到高潮。

京剧武戏历来深受观众喜爱，前些年，由于京剧市场低迷，武戏人才缺失，许多传统优秀武戏濒于失传。重振武戏风采不是一蹴而就的事，《泗州城》的精彩上演让笔者感到武戏后继有人，欣慰之余也希望京剧武戏的道路越走越宽，挖掘整理上演的优秀剧目越来越多，在舞台上绽放出更加灿烂的光彩！

（晏建东　江西省修水县第一中学）

◦ 传统戏曲与当代审美

——观京剧传统骨子老戏《汾河湾》

京剧传统骨子老戏《汾河湾》是一出生旦对戏，由余派女老生王佩瑜与梅派演员田慧再度搬演。舞台上，二人唱念俱佳，配合得丝丝入扣，引人入胜，一句"少年子弟江湖老，红粉佳人白了头"引发多少对人间际遇的慨叹。

《汾河湾》又名《打雁进窑》，剧情基本依据《征东全传》第四十一回改编。初唐名将薛仁贵离家十八载，官封平辽王。还乡途中在汾河湾见到一位打雁的英武少年，忽有猛虎窜出，为救少年，他急忙发箭，不料竟失手射中了少年，薛仁贵连忙逃离此处。在寒窑与妻子柳迎春相认后，得知自己误射的竟是儿子薛丁山，薛仁贵痛不欲生，夫妇二人哭着赶往汾河湾。

作为一出有"人情味"的戏，父子之情、夫妻之情在《汾河湾》中均有细致的描摹刻画，是早年"伶界大王"谭鑫培与"通天教主"王瑶卿的代表作，其后四大名旦均擅演此戏，尤以梅兰芳与马连良、程砚秋与王少楼的版本广为人知。

《汾河湾》中，王珮瑜的唱、念、做、表，处处显示其功力，台风大气，唱腔痛快淋漓。她站在寒窑外，一句高亢的西皮导板“家住绛州县龙门”韵味十足，接下来是大段剖白，最后一句西皮流水“我的妻你要还不肯信，来来来，算一算，连来带去十八春”真切感人，赢得观众热烈掌声。

她的嗓音有一种奇特的力量，和纯粹的男声不同，阴柔中透着沧桑，霸气中融有绵密，果断而留有余音，大概这就是女老生的特殊魅力吧。田慧嗓音甜亮，扮相俊俏，身段优美，表演细腻，尽显梅派高贵典雅、平静从容的气质。

笔者在欣赏演员精湛表演的同时，也对其中某些桥段及蕴含其中的价值观加以思考，认为不妨给这出流淌了上百年的《汾河湾》注入一点“当代活水”，使其更加符合当代价值观和审美需求，赢得年轻人的认同和喜爱。

以《汾河湾》为例，薛仁贵离家十八年，音讯全无，回家后先是“戏妻”，对柳氏进行调笑，谎称自己是薛仁贵的朋友，薛已将柳氏卖于自己。柳氏气愤不已，转回寒窑紧闭其门。薛仁贵道明真相，这才进得门来。没完，他继续“戏”，明明自己已是掌管军权的平辽王，却对柳氏谎称自己是给人看马的马头军。果然，又将这女人“戏”得悲悲戚戚。

继而他发现一只男鞋，疑其不忠，接下来就是比较骇人的情节了，“杀妻”！在一段念白“想是这个贱人做出不彩之事，我不免将她唤了出来,一剑将她杀死,也免得出丑啊”之后,他大喝一声,唤出柳氏,持剑就砍。柳氏在剑丛中慌忙躲闪,水袖翻飞。当然故事的最终结局是误会解除,言归于好。

夫妻分别十八年,薛仁贵既没有尽过一天丈夫的义务,也没有承担起父亲的责任,作为早已习惯了男女平等的观众来说,很难接受这种先是轻佻继而粗暴的行为。

像《汾河湾》当中的类似桥段在传统戏曲中比比皆是,比如《武家坡》中薛平贵调戏王宝钏与《汾河湾》简直如出一辙。

如何对传统戏曲注入“当代活水”? 笔者认为应分为两个层面,一方面,对戏剧工作者来说,在尊重、保护、传承、力求原汁原味呈现传统老戏的前提下,应对其进行适当整理加工,删除某些过于封建陈腐的桥段,或在不影响剧情的基础上,对其进行弱化处理。

另一方面,年轻观众也应理解,传统戏曲中表现出的“忠”“孝”“节”“义”等在漫长的封建社会中是客观存在的,如《大登殿》《琵琶记》《白兔记》等戏中出现一夫二妻大团圆的情景,某些“90后”观众原本期待看到的“鸡飞狗跳”变成夫妻恩爱和谐美满,于是表示不能接受,其实大可不必,女性解放、男女平等也就近一百年的事,我们不应机械地用现在的价值观苛求古人。

此前王珮瑜在“古调今谈——京剧的演唱与跨界”讲座中谈到,该剧在尊重传统老戏的基础上,对某些唱词进行了适当调整。如薛仁贵戏妻一节,传统的戏文是“哎呀且住! 想我薛仁贵离家一十八载,不知她的贞节如何,看四下无人不免调戏她一番”。此番去掉了“贞洁”等过于陈腐的语汇,将之改为“哎呀且住! 想我薛仁贵离家一十八载，看四下无人，我不免要笑她一番，有何不可哇”。这样一改，语气就缓和许多，观众能够接受，同时也不影响剧情的进展。

注入“当代活水”的传统戏曲将会获得更新的力量，在新的历史时期继续前行，走得更远。

（王焰　江苏省文化和旅游厅）

◦ 寓教于乐：戏剧传统的回归与守望

——从滑稽戏《陈奂生的吃饭问题》说起

吃饭是个问题，问题不是吃饭，不是吃饭问题。

常州市滑稽剧团原创滑稽戏《陈奂生的吃饭问题》致敬当代著名文学作家高晓声先生，就陈奂生一家五口的土地、粮食和吃饭问题，以陈家小院为时代变迁下的社会缩影，采取快出快进的场景转换形式，重新诠释经典文学形象"漏斗户主"陈奂生。

《陈奂生的吃饭问题》演绎时间跨越近半个世纪，全剧以 1978 年为时间节点，场景在 1970 年、1979 年、1988 年、2006 年与 2018 年之间相互切换，通过"漏斗户主"陈奂生全家因吃饭问题引起的喜怒哀乐，采用"寓庄于谐、悲喜交融"的滑稽叙事模式与喜剧艺术思维，展现中国 1978 年前后土地与粮食政策的转变对农民命运和生活的影响。

《陈奂生的吃饭问题》有别于其他剧种剧目作品，该剧既不像其他剧种那般有特定的腔调,也不涉及传统戏剧当中的脚色行当,更少讲究所谓的“四功五法”系列程式规范。进而言之,《陈奂生的吃饭问题》乍看之下几与当下话剧无甚差异。凡此种种,皆源于滑稽戏形成之初,便是得益于 20 世纪初叶文明戏中的“趣剧”以及江南说唱曲艺“独脚戏”。兴起之后,滑稽戏表演更是不断吸收民族话剧甚至西方喜剧艺术样式,乃至于滑稽戏曾经一度被称作“滑稽话剧”或“通俗话剧”。

滑稽戏不同于传统概念中的戏剧,在我国戏剧剧种史上,滑稽戏是一个特殊的存在。这样一个特殊的剧种,它讲求的不是“唱念做打”,而是“说学逗唱”。可以说,滑稽戏是一个被观众笑出来的剧种。

《陈奂生的吃饭问题》从 1978 年之前的“吃饭是个问题”到 1978 年之后的“问题不是吃饭,不是吃饭问题”,通过过陈奂生一家的境遇,其间夹杂着某些油腔滑调以及噱头片子式的表层娱乐,让观众在家长里短中享受到了真正的精神愉悦。

世道会变,但千古的人情不会变。观众的喜闻乐见胜于一切,这不仅仅是对滑稽戏而言,更是对我国民族传统戏剧艺术而言。所谓“人情原不相远”,百姓的心声都在这代代相承的人情之中。我国传统戏剧能流传千年,正是缘于唱出了世间人情。人情即是民心,回归人情是戏剧传统回归的第一步。

滑稽戏源自上海,20 世纪 30 年代流入常州。成立于 1937 年的常州市滑稽剧团,迄今已有八十余年的滑稽戏演出史。由编剧王宏、张军执笔,导演胡宗琪担纲的滑稽戏《陈奂生的吃饭问题》有不少足可称道之处:戏剧结构合理,情节矛盾突出。全剧紧扣“吃饭问题”集中表现主题立意,不存在多余的枝节杂芜之处;人物角色设置精致全面。正反派人物、中间人物、主次角色等构成完备,不仅具有层次感且带有我国民族戏剧传统的科诨脚色特点,符合戏剧性要求;舞台呈现能够抓住戏剧本质。主要依靠演员表演完成整个剧情,而非依靠大型制作下让人眼花缭乱的舞美与灯光喧宾夺主;演员表现力普遍不俗。尤其饰演陈奂生的张怡,其表现张力堪称一绝,在快出快进的场景转换间收放自如,实在难能可贵。相信该剧的成功演出对滑稽戏的传承与发展将起到重要的推动作用。

(饶莹　南京师范大学)

◦ 畏贪敬不贪

——观廉政淮剧《金杯·白刃》

"金杯同白刃，敬畏莫相忘。"由江苏省射阳县纪委监委精心打造的大型古装廉政淮剧《金杯·白刃》，在江苏省盐城市和射阳县多次巡演，并应邀到沪参加第29届"白玉兰戏剧奖"展演，容纳千人的上海云峰剧场座无虚席，两个多小时的演出过程中喝彩声此起彼伏，掌声雷动，反应热烈。

《金杯·白刃》是一部以真实的历史故事为原型的新编廉政剧目，剧名源自于朱元璋两句御制诗"金杯同汝饮，白刃不相饶"。这两句诗的意思是，酒场上我和你金杯盛酒共同畅饮，但若你有过，我会白刃相对绝不留情。

相传，这是朱元璋对户部尚书茹太素说的话。故事讲述的是，明洪武三十年(1397)，西北地震，明太祖朱元璋封女婿欧阳伦为钦差大臣前去赈灾并巡查边境茶马走私情况。出发之前，朱元璋赐金杯御酒为驸马送行,并赐尚方宝剑以代天巡狩。然而,欧阳伦在西安遇到其当年的少东家贾德仁,在贾的怂恿下,欧阳伦见利忘义,以尚方宝剑为护身符,以赈灾为名中饱私囊,数次遣手下走私茶叶出境,还冲关伤人,杀人灭口犯下滔天大罪。

为国还是为家?朱元璋权衡亲情与江山社稷得失,在痛苦抉择中赐死欧阳伦。欧阳伦头上悬着尚方宝剑,手中捧着盛有御赐鸩酒的金杯仰天长啸:金杯还是那个金杯,御酒不是那个御酒了啊!

朱元璋自幼出身贫寒,深知老百姓的疾苦,对贪官污吏尤其憎恶。朱元璋以猛治国著称,大力打击贪污,其在位三十余年间,发动并全程领导了史上最大最严的反腐肃贪运动,历时之久、措施之严、手段之狠、刑罚之酷、杀人之多,为几千年封建历史所罕见。明洪武三十年,爆发了震惊全国的“驸马欧阳伦案”,朱元璋对爱婿“斩立决”,此事在朱元璋亲自编写的《大诰》一书中有明确记载。该剧正是取材于这段史实,糅以民间传说,借古喻今,以史为鉴,赋予“金杯”“白刃”分别为“人治”和“法治”的隐喻,突出了“贪”与“不贪”在“敬畏”二字间的徘徊和冲撞,振聋发聩地指出:关键要“畏贪敬不贪”。

文为时而著。该剧以正史为经,野史为纬,融入新的时代内涵和现实镜鉴意义,在历史与现实的贯通切合上实现民间传说和生活真实的完美融合。警示明理,与观众心里接轨,说出群众心里话,合乎反腐要求,恐怕是该剧能引起观众强烈共鸣的主要因素。

除了廉政教育的镜鉴意义外,该剧的艺术价值也有为人称道之处。

剧情设置精巧,传奇而不离奇。汤婆婆对朱元璋曾有救命之恩,而汤婆婆的外孙欧阳伦竟是朱元璋的女婿。欧阳伦曾是贾德仁的书童，欧阳逆天中状元，如今相逢，主仆易位，充满了戏曲传奇色彩，但又符合基本的生活逻辑。

剧中人物形象丰满，严厉惩贪的朱元璋、力保皇亲同僚的郭英、一代廉吏却无力阻挡驸马贪腐的小官冯尚银、依仗皇亲身份信任小人通同犯罪的欧阳伦，以及汤婆婆、严守法等一系列从皇帝到平民的人物群像，性格各异，特色鲜明。

全剧以情为主，以情动人，以情感人，人物内心的情感纠结的细腻刻画，特别是其中君臣情、父女情、翁婿情、祖孙情、夫妻情、家国情的交织，在观众心中掀起情感狂澜，产生情绪震撼。

“叹古今多少江山毁于贪，悲大明多少脑袋掉在贪。论人性无须分辨贪不贪，细思量就在敬畏，要畏贪敬不贪……”这段宕人心魄让观众刻骨铭心的唱段，唱出了淮剧《金杯·白刃》的艺术张力，同时也穿越历史时空唱出了新时代反腐强音。

（陈玉军　中共射阳县纪律监察委员会）

○ 找寻南曲的“雄浑气象”

——评新编昆剧《浣纱记传奇》

以江苏昆山当地名人为题材的新编历史剧《浣纱记传奇》以高远的立意、精巧的结构、曲折的情节、出神入化的舞台表演，深深打动了在场的观众，我认为其艺术上的成功之处主要有以下几点。

一、宏大叙事中展现儿女情长

《浣纱记》是明代剧作家梁辰鱼据明传奇《吴越春秋》改编的昆曲剧本，第一次成功地把魏良辅创制的水磨调用于舞台，完成了昆山腔由清曲向剧曲的变革，并开拓了昆山腔传奇借离合之情抒发兴亡之感的先例，因而在中国戏曲史上留下了浓墨重彩的一笔。

新编昆剧《浣纱记传奇》以魏良辅呕心研制昆曲，梁辰鱼历数十载光阴作《浣纱记》为素材，将昆曲发展史上的关键人物梁辰鱼、魏良辅、张野塘带到了同一叙事场域，集吴门高才、南曲圣手、北曲祭酒为一炉，展现出研制水磨调之艰辛，创制传奇剧作之不易。

《浣纱记传奇》以厚重的历史底色作支撑，在倭寇犯境、严嵩专权、江山动荡、内忧外患的时代背景下，展现了主人公梁辰鱼对家国命运的关心，对个人前途的忧虑，以及与魏良辅之女若耶的绵绵情思，以宏大的叙事嵌入魏良辅、张野塘、若耶等小人物的命运浮沉，极具情感张力。

二、精巧的艺术构思

剧作主线分明、针线细密，一开始便铺展了魏良辅与梁辰鱼师徒二人，于冰天雪地之时探访身陷囹圄的北曲祭酒张野塘，找寻南曲缺失的“雄浑气象”，而这种找寻贯穿了梁辰鱼跌跌撞撞的一生，直到历尽半世沧桑，复归于平静才彻底领悟这“雄浑气象”，这既是梁辰鱼对人生百味的彻悟，也是几经镂心琢曲后的顿悟。

戏剧情节环环相扣，戏剧冲突层层铺展，将剧情一步步推向高潮，同时也注重冷热场的调剂。梁辰鱼创作《浣纱记》的心路历程与魏良辅一家及个人命运的变化紧密相关：奸臣汤禄臣在昆曲集会之时窥看到貌若天仙的若耶，为戏剧冲突埋下了伏笔。《灾变》一场，汤禄臣使毒计，魏良辅救女心切，在不知女儿心有所属的情况下，将若耶嫁与张野塘，而梁辰鱼也将远赴沙场。

十年后，抗倭的胜利果实被奸臣窃取，梁辰鱼满怀抑郁回到家乡，恰与成为轮值乐户的魏良辅一家相逢。不巧冤家路窄，魏良辅、张野塘不幸双双死于奸臣汤禄臣之手，梁辰鱼再度与若耶分离，于悲愤与缅怀之际重拾信心创作传奇。

随着现实境遇的变化，人物命运的沉浮恰与《吴越春秋》的相关情节高度契合，伍子胥与西施的命运恰若梁辰鱼与若耶的遭际，舞台上呈现的不仅是吴越争战的历史，更是明代嘉靖年间的现实。《吴越春秋》之《游春》《别施》《骂贼》等，暗合了梁辰鱼与若耶相遇、分别、再度离合，历史与现实总是有着惊人的相似，于是在忠贞与奸佞的斗争、人物与命运的抗争中，舞台上叙写着对历史富含哲理的思辨。

在紧密的叙事中，冷热兼济，其中"过云适"的人物设置起到了重要作用，且看如下对白。

魏良辅：哎呀过老伯呀！灾祸忽降，娶了小女，便得罪汤贼，得罪汤贼，便结仇严嵩，轻则仕途尽，重则全族倾，何人敢娶？

过云适：我要有个儿子么……

魏良辅：哦？

过云适：肯定冒死跟你结亲家。

魏良辅：过老伯！

过云适：可我是个老绝户。

魏良辅：天亡我也！

三、人物心理空间的深度挖掘

编剧魏睿翻阅了大量历史文献，在历史史实的基础上，发挥想象力和创造力，深入梁辰鱼内心，探寻其创作《浣纱记》的内因和外因，对人物心理空间进行深度挖掘。从《踏雪》《雅集》到《灾变》《壮行》《讥贼》，梁辰鱼人生境况的变化是其体会吴越历史，叙写传奇的重要因素。

魏良辅翁婿二人毕生对昆曲的研磨，师徒、翁婿三人为艺术殚精竭虑，魏良辅和张野塘之死，最终唤起了梁辰鱼内心的创作激情，《挥毫》一场，在《曲律》的指引下，梁辰鱼终于找寻到南曲缺失的“雄浑气象”，成功叙写出历史兴亡之感，完成了由《吴越春秋》向《浣纱记》的最后跨越。

该剧精彩绝伦的舞台呈现得力于上海昆剧团实力非凡的制作阵容，演员的表演也有不少可圈可点之处。

瑕不掩瑜，《浣纱记传奇》也存在些许不足。清代著名戏曲家李渔认为戏曲创作要“立主脑”，这就强调传奇创作在人物设置及情节铺设上以中心人物和中心事件为重。《浣纱记传奇》在中心人物及主要情节的安排上显现出明显的纰漏，前半场的重心是魏良辅和张野塘潜心镂曲，而对梁辰鱼的铺叙明显不足。对梁辰鱼的性格刻画并不深刻，人物形象流于扁平化。梁辰鱼心路历程的变化与家国史实的宏大叙事之间也存在断裂，整部剧作历史的底色还有待进一步凸显。

《浣纱记传奇》致敬先贤，旨在传承和发扬昆曲，新时代的昆曲人在先贤精神的感召下，重温历史、继往开来，担负起昆曲传承的重任。笛声悠扬、幕布缓缓拉开，绵延六百年的昆曲艺术在舞台上继续绽放。

（张晓芳　上海师范大学）

○ 柳琴戏《矿湖情缘》:有情、有戏、好听、好看

第一次看柳琴戏,就被其高转低回的声腔所吸引,江苏省柳琴戏剧院带来的《矿湖情缘》以轻喜剧方式呈现,全剧在轻松活泼的氛围中让人体味社会环境变迁中的人际关系、利益冲突、情感交织,进而发人深省,现实与思考融合于无形,可谓是一出有情、有戏、好听、好看的现代戏。

《矿湖情缘》以重工业城市徐州向生态型城市转身为背景,以全国首个煤矿塌陷区修复成潘安湖湿地公园为原型,围绕着"绿色发展""生态文明"的现代理念和时代主题,讲述了矿工后代征世虎为了确保塌陷区生态修复顺利推进,努力化解老一辈人矛盾纠纷,同时成就自己姻缘的故事。

以情动人,以情感人,富有真情实感的戏才能吸引观众,抓住人心。作为一部现实题材作品,《矿湖情缘》没有干巴巴地宣扬环保生

态,而是着力写人,写人的情感,友情、亲情、爱情,情深义重。老矿工征跃进收藏矿灯,是对激情岁月的缅怀,是对青春年代的难舍。而红粉干不愿意迁址养殖场,除了担心巨大的经济损失外,也在赌当年没能下矿井工作的一口气,争一份尊重。

两人子女征世虎与红月亮是同年发小,两小无猜、青梅竹马、日久生情,却因双方老人有宿怨受到阻挠。在环湖工程进展的关键时刻,双方冲突不断攀升,为了确保塌陷区生态修复顺利推进,年轻一代以真诚、真情感动了双方老人,各自的心结解开了,彼此的心照亮对方,环湖整治顺利竣工,有情人终成眷属。此谓有情。

有戏,是指情节安排、节奏把控、戏剧冲突、呈现手法能否引人入胜、扣人心弦。《矿湖情缘》一剧有"摘牌风波""借梯上楼""私设公堂""临终关怀""柳暗花明"等多个段落,有征跃进与红粉干这两户冤家,还设计了征世虎与红月亮、红粉干与庄德高、征跃进与贾爱梅这三对姻缘。矿塌湖改造、两代矛盾、爱情冲突、亲情冲突……编剧巧妙地将这些戏剧矛盾点,在两个小时的长度里进行了多线交织,使整场戏情节紧凑、高潮迭起,观众的情绪都随着剧情的推动而波动。

该剧还借鉴了传统戏曲惯用丑角调节剧情的手法,设置了丑角式人物三笆斗,他在剧中的插科打诨,既轻松了剧情,又活跃了气氛,营造出全剧的喜剧氛围。此外,该剧的喜剧效果还集中体现在台词设置上,"我的乖乖隆滴咚,在这儿闹啥子呢""不把那个红粉干打一顿,她呀就不知道花儿为什么这样红"等等此类的调侃、包袱,诙谐幽默,不断引发观众会心一笑。朴实幽默、简单易懂的大白话却唱出了让人信服的大道理,足见编剧功力。剧中一众人物的选择与现实生活非常接近,每一个人物也都有着自己鲜明的特征。接地气,有看头,此谓有戏。

有情、有戏,即为好看,传统程式化的表演,是戏曲区别于其他舞台艺术的一大特点。该剧艺术总监韩梅在创作时曾设下这样一个原则:《矿湖情缘》决不提倡单独的戏曲程式,更不提倡话剧式的自然生活形态。所以,我们明显看到了该剧把现代人的真实生活形态和戏曲程式有机地融合,进行了创造性的改造和美饰,赋予传统戏曲新的时代内涵和文化张力。第一场“摘牌风波”中,征世虎与发小红月亮久别重逢泛舟湖上的一段表演,唱做并举,两人一前一后,一人划桨一人坐船,交错而行走着“S”形圆场,充分展现了传统戏曲在表现船戏时的特殊手法。

之后,红粉干指使三笆斗摘掉环湖整治指挥部牌子,带至矿灯房并与征跃进再起冲突的一小段身段表演,也是传统程式的运用。下半场,类似的化用传统程式的地方也很多,台上更加有戏可看,此谓好看。

一部剧能否成为经典,取决于是否有经典唱段能够流传下去。唱腔是戏曲最根本的东西。第一次看柳琴戏,《矿湖情缘》给我的印象就是“哎,居然蛮好听的呀”!饰演征跃进的孟浩唱做俱佳,征跃进刚出场回忆往事的那一大段唱腔粗犷爽朗,低沉浑厚,一开口,就入耳酸心。红粉干的饰演者周小翠也是一副好嗓子,演唱韵味十足,高音部分清丽嘹亮,中低音区婉转悠扬,让人感受到古老的“拉魂腔”的魅力。柳琴戏是具有浓厚地方特色的戏曲剧种,其曲调流畅活泼,节奏明快,并有多种花腔。该剧唱腔之美,是谓好听。

当然,作为一出新创剧目,《矿湖情缘》尚有提升空间。从情节来看,结尾处对红粉干内心活动揭示不够,她的思想转变较为突兀,养殖场的关闭转址也略显匆匆。而老矿工征跃进在自已家中与儿子对饮时的忏悔自责被红粉干与众人围观,这里也显得不太合逻辑,个人觉得如果将地点换在养殖场边或矿灯房外则更加合理。另外,最后征跃进的大段独白唱段略显拖沓,似有影响高潮推进之嫌,或可尝试改成他与红粉干二人各自内心独白的对唱,这样既可以揭示红粉干的内心转变过程,又可使唱腔丰富而不冗长。从人物性格设定来看,在红粉干的身上,应赋予更多徐州女性直爽泼辣的性格特征,而不是粗略地将她等同于泼妇。

总之,戏曲若要保持其艺术青春和永久魅力,必须要与现代人的审美情趣紧密结合,加之雅、细、精、深的舞台处理。新编戏若能以有情、有戏、好听、好看为标准去制作,方可成为佳作。

（高利平　新华日报社）

◦ “偏见”就在你我的心中

——评《哪吒·魔童降世》

中国电影总是在让人担忧和失望的时候,不经意间让你看到阴霾中映射出的光焰。之前谁又能想到,仅仅凭借一己之力,《哪吒·魔童降世》里那个小小少年已经拎着火尖枪、踩着风火轮点燃了一度沉闷的暑假档。很多人会联想到2014年的《大圣归来》,于是“国漫崛起”的愿景又一次被提及。不过,与《大圣归来》靠“自来水”的口碑一路逆袭不同,哪吒的银幕“归来”甫一亮相便风生水起,牢牢抓住了观众的心。

乍看起来,其大受欢迎的逻辑显而易见。其一,2014年后,《大鱼海棠》《风语咒》《白蛇·缘起》等一批优秀的国产动画电影已经培养了观众的审美意趣,而“哪吒”又恰恰是中国人内心几乎与孙大圣并立的叛逆英雄形象,对这一经典IP的银幕再现,观众们自然有着无比的期待。其二,《哪吒·魔童降世》的市场化元素充分做足,无论片中谐谑搞笑的喜剧桥段，还是环环相扣的故事情节推进；无论是足以媲美迪士尼、皮克斯的动画奇观场景，还是运用娴熟的铺天盖地的营销手段，都直奔“久旱逢甘霖”的普罗大众而去。

但再圆润的故事技巧、再精彩的感官刺激终究只是皮相，《哪吒·魔童降世》的成功正在于其包裹的精神内核。当观众们层层剥离那些华丽的包装之后，倏然照见的其实竟是自己的内心，那种发自肺腑的情感共鸣会让他们感动不已。

哪吒是谁？在这部电影之前，几乎每一个人都会告诉你，他打死敖丙，勇斗龙王，救黎民于水火；他是坚忍勇敢、反抗父权、不畏牺牲的英雄。人们对“哪吒”的映象大抵来自于1979年的动画电影《哪吒闹海》，哪有一个孩子可以拒绝混天绫自由自在、漫天飞舞的浪漫，可以拒绝一个传奇英雄的热切召唤。但是，看过《哪吒·魔童降世》的孩子们显然会有一些懵懂，为什么哪吒的身上好端端地会有魔性？为什么哪吒不讨几乎身边所有人的喜欢？为什么哪吒会和敖丙成为好朋友？甚至，哪吒为什么不是那么好看和可爱？

孩子们的故事世界往往是正邪对立，善恶相争的简单逻辑，这些问题对于他们显然是难解的。但好在电影随处而生的笑点不会让孩子困倦，风火轮竟然是一只飞翔的猪化身而成，一本正经的老人总是看错说话的方向，粗壮的男人不顾场合也会搔首弄姿，妈妈被哪吒大力踢出的毽子推向远方，神奇的画笔会在山河社稷图里幻化出五彩的图景。没错，这依然是孩子们熟悉并热爱的动画世界。只不过，本想一起陪孩子一起轻松“入梦”的大人们，却会发现这个“哪吒”根本难以让他们轻松。

在电影中,哪吒被定义为魔童,但此“魔”一是源自“天意”,“魔珠转世”为哪吒的人生打下了天注定的深刻印记,二是来自于周遭环境的映射,所有人甚至哪吒的父母都认为“魔”不可改变。于是,电影从一开始就把哪吒抛入了他无法决定也难以直面的人生绝境,换言之,电影喜剧皮相的结构中其实隐藏着命运悲剧的模式,这样就使得哪吒在反抗命运的过程中呈现出复杂细腻的性格特征。

电影中的哪吒是一个彻底的孤独者。封闭的环境、人们的偏见让他逐步变得独立而任性,他耍小聪明,捉弄别人,破坏财物……表面上他是反抗和报复这个世界,其实他是想引起别人的注意,所谓“魔性”的展开原意是他想与这个世界和解。但悲剧性在于,没有任何人可以理解他,即便他的父母也是设法用束缚来“点化”他。于是,他越反抗就越孤独,一轮又一轮的反抗,情节冲突的烈度也像急流与漩涡翻滚,越来越大。直到天地苍茫、水火相融,哪吒化为魂魄,才为众生所念。哪吒的一声悲鸣“我命由我不由天”像极了鲁迅笔下狂人的“从来如此,便对么?”这样的呐喊是对命定人生的怀疑和控诉,是影片中最耀眼的人性光芒。

值得注意的是,影片中几乎没有真正的反派。原著中被抽了龙筋的龙王三太子敖丙,在本片中被塑造成外表沉静内心挣扎的翩翩少年。他是灵珠转世,却又不可避免地被赋予拯救龙族的暗黑任务。其实,他是和哪吒一样的孤独者,所以他们才会在争斗中终于成为彼此拯救的朋友,灵珠与魔珠就是阴阳流转的两面。原本邪恶的东海龙王,在本片中也被灌注了悲情元素,他的“良苦用心”只是为了改变这个世界对于龙族的千年蔑视。甚至在事件背后一直捣鬼的申公豹,他的面目也不会让人觉得十分可憎,因为他身上肩负的是由“豹”成“人”的原罪,他努力想证明自己,却生生酿成了他人的悲剧。

观众们似乎可以感受到,影片中最大的反派其实就驻留在每个人的心中——“对于他人的偏见”,偏见造成人与人之间的阻隔,偏见不断地将我们自我封闭,偏见更不断地成为戕害别人的工具。故事中那些搞笑的无知的村民只是我们内心偏见的代言人。由此,影片获得了主题的进一步深度表达,这无疑是中国动画电影的进步。原来动画电影不只可以娱乐儿童,不只可以合家欢,更可以将表现的视域延展到所有能够想象到的世界,以及比这个世界更为广阔的人心。假若中国动画电影都能如此创作,“国漫崛起”终将摆脱口号式的存在,舒展开繁华锦簇的盛景!

(刘永昶　南京师范大学)

○ 势头强劲　生机盎然

——有感于第三届江苏文华奖评选活动

金秋时节，江苏省举办了“第三届精彩江苏艺术展演月”，活动期间，第三届江苏省文华奖评选活动也同时进行。演出、展览红红火火，群众参与热情高涨。我有幸观摩了所有参评剧目的精彩演出，切实感受到戏剧大省江苏，精彩剧目纷呈，舞台艺术繁荣，收获颇丰，感慨良多。

一、现代戏创作再获丰收

观摩江苏艺术展演月的演出，印象最为深刻的就是戏曲现代戏的创作十分活跃，不但数量多，而且艺术质量高。14 台戏曲中，现代戏就有 11 台，比例之高，令人惊讶。正因为有如此多现代戏的华丽亮相，让我感觉到江苏的戏剧舞台，充斥着生机盎然的时代气息，活跃着可歌可泣的英雄人物，吟唱着高亢嘹亮的主旋律，彰显着鲜活浓郁的地域特色。

江苏现代戏创作热情如此高涨，是响应、落实习近平总书记“坚持以人民为中心的创作导向”的结果。戏剧艺术家用敏锐的目光观察生活，用如火的激情将那些可敬可爱的英雄人物艺术化地树立在舞台上，真正做到了“为人民抒写、为人民抒情、为人民抒怀”。

江苏现代戏创作以真实感人的内容，血肉丰满的人物，鲜活生动的细节，艺术质量的优异，改变着观众对主旋律、正能量作品认识上的偏见。例如：京剧《向农》是根据获得文华大奖的话剧《枫树林》改编的，故事讲述江南某村党支部书记向农，得知自己患了绝症，生命还有最后九十天，反思当支书二十多年的得与失，发现最亏欠的竟然是自己的母亲、哥哥、妻子，于是他开始争分夺秒地“还债”。

这台话剧主题厚重，立意深刻，思想价值和艺术价值早有定评。改编成京剧不是简单的移植，而是强化京剧本体意识、突出戏曲特点的再创造，编导在保留剧本原有成就的基础上更强化了情感的冲击力，有情、动情、演情、唱情是这台戏的突出特点。如向农与弟弟向中饮酒那场戏，向农借喝酒的机会跟弟弟解释二十多年前为执行计划生育政策，给全家人带来的伤害。提起往事，弟弟怒火中烧，列举向农的种种不是，骂他为当官不顾亲情，气死父亲，气聋老母，绝他后代，不但言辞激烈，还拍桌摔杯，宣泄多年的积怨。这段一生一净的对手戏，道白节奏铿锵，演唱旋律激昂，完全是依照经典传统戏的方式，用唱、念演绎故事、推进矛盾，丝毫没有话剧加唱的痕迹。

导演陈霖苍的二度创作值得称赞，他用写意的手法营造出诗化的情境，如此睿智的创造，得益于他深厚的戏曲美学修养，陈霖苍原本就是经验丰富的表演艺术家,行当特点烂熟于心,程式招数信手拈来,《向农》的舞台呈现是真正意义上的戏曲本体回归,叙事方法、表演手段都是戏曲的、程式的。

京剧表演艺术家杜镇杰饰演的向农,朴实自然,把一位一心为公、无私奉献的农村基层干部刻画得栩栩如生,他的演唱韵味醇厚,无论是低吟浅唱,还是高歌咏叹,都让观众听得如醉如痴,感受到京剧声腔的无穷魅力。其他角色如饰演妻子孙玉华的青衣演员高飞,饰演弟弟向中的花脸演员李为群,饰演母亲的老旦演员董源等,都出色地完成了角色创造。

总之,《向农》是一部编导演俱佳,集思想性、艺术性、观赏性为一体的好作品,是京剧现代戏创作的新收获。

近年来,江苏省现代戏的创作之所以在全国产生广泛影响,归根结底还是因为这些戏都是思想精深、艺术精湛、制作精良的艺术上品。艺术家们深入生活,讴歌时代,赞美英雄,遵循艺术规律,在继承的基础上大胆创新,他们用心血和汗水创作出的新作品,“有正能量,有感染力,能温润心灵,能启迪心智”,自然受到观众的喜爱。第三届展演月的剧目中淮剧《留守村长留守鹅》《菜籽花开》、锡剧《玉兰花开》、舞剧《小萝卜头》、柳琴戏《古城拉魂》等都具有这样的特点。

二、基层剧团尽展风采

这次参评剧目的另一特点是,区县级剧团表现抢眼。以往层级越高的会演、比赛,基层剧团参与的比例就越少,这也符合规律,区县级剧团无论是软实力还是硬条件都无法与国家、省市级院团相比,好比拳击运动,轻量级、羽量级运动员无法同重量级运动员打比赛一样。但此次参评的区县级剧团,表现优异,令人刮目相看,无论是作品的思想内容,舞台的总体呈现,演员的表演水平,都十分优秀,如果不看说明书,几乎看不出是县剧团在演出。

印象最为深刻的是涟水县淮剧团演出的现代戏《留守村长留守鹅》,该剧讲述村干部与留守妇女的故事:苏北,汇水村,男人都进城打工,村里只剩下妇女,村长陆二黑要照管这些留守妇女的大小事情,并带领她们养鹅致富。但在卖鹅时,无意中触犯了别人的商标权,浙江女老板钱哆哆把汇水村告上法庭,并索要 100 万元侵权损失,陆二黑一人扛起官司,准备卖掉房子偿还赔款,最后钱老板被这位一心为群众、甘于吃亏奉献的村长所感动,决定与他们合作,共同经营"汇水鹅"。

这是一台轻喜剧,演出时剧场里笑声、掌声此起彼伏,观众、专家一致称好。涟水县淮剧团常年在基层演出,演职人员熟悉农村生活,塑造的人物生动鲜活,具有浓郁的乡土气息。演员表演松弛自然,诙谐幽默,苏北方言,农村俚语,让人忍俊不禁。更值得称道的是《留守村长留守鹅》的主创人员、主要演员,全部来自当地。他们不邀请大腕外援,不迷信"外来和尚",搞出来的东西更有地方特色,更具乡土气息,县级剧团有这样高水平的舞台呈现,出人意料,可喜可贺。

区县级剧团的服务对象主要是农村群众,演出条件简陋,工作环境艰苦,过去他们的演出剧目也是以传统老戏为主,观众多半是些老年人,由乡村舞台的衰微,就能感受到戏剧事业的低迷。基层剧团是普及戏剧艺术的基础,"基础不牢,地动山摇"。基层剧团艺术水平低下,剧目内容陈旧,直接影响戏剧艺术的提高和发展。因此,让基层剧团活跃起来成为繁荣戏剧事业的关键。在“展演月”中,我们强烈感受到江苏基层剧团充满生机和活力,艺术水平有明显提升。如盐城市淮剧团、常州市武进区锡剧团、宿迁市柳琴剧团等基层剧团,都在积极编创现代戏,演员队伍整齐,综合实力较强,演出受到观众的欢迎。习近平总书记要求我们的文艺作品“既要阳春白雪,也要下里巴人,既要顶天立地,也要铺天盖地”。江苏基层剧团的活跃、繁荣,已呈“铺天盖地”之势,令人欣慰。

三、有效的激励措施是促进繁荣的关键

近年来,江苏省戏剧事业出现了可喜的繁荣景象,现代戏的创作硕果累累,话剧《枫树林》、淮剧《小镇》、扬剧《花旦当官》、淮剧《留守村长留守鹅》在全国产生广泛影响,第三届“展演月”又有多台新创作的优秀剧目惊艳亮相。这些成绩的取得,与文化主管部门的正确指导密不可分,他们规划了长远的奋斗目标,确立了缜密的工作思路,采取切实有效的激励措施,促进戏剧事业的繁荣。因此,江苏舞台佳作迭出,江苏基层剧团生机勃勃。2016 年、2017 年文化部举办的全国基层剧团优秀剧目展演,连续两年的开幕大戏都来自江苏。江苏在全国第一个建立了省级的艺术基金,资助有价值、有意义的艺术创作和艺术活动。

由于措施得力,江苏戏剧真正做到了出人出戏的繁荣态势。剧作家创作热情高涨,陈明、徐新华、罗周、袁连成、杨蓉等在全国有影响的剧作家,每年都能写出质量上乘的作品提供给各院团,使得江苏

新剧目不断上演，好作品层出不穷。

美中不足的是与实力雄厚的剧作家队伍相比，江苏年轻的、成绩突出的导演不多，这次参演的剧目绝大多数导演都是外请，只有三位是本省的导演，其中 3 台淮剧(《留守村长留守鹅》《菜籽花开》《赶鸭子下架》)由老导演蒋宏贵一人包办，另一台柳琴戏《古城拉魂》也是由年近七旬的王咸俊执导，还有一台话剧《张謇》则由中年导演李明华担纲。请“外援”当然可以，但事实证明，还是本地区、本剧种、本团培养的导演对本地生活更熟悉，对本剧种个性更了解，对本团演员更知情，《留守村长留守鹅》全“苏”班主创团队取得的成功就是最好的证明。今后江苏各院团应下大力补足短板，突破瓶颈，培养出更多、更优秀、更年轻的编导人才。

第三届“精彩江苏艺术展演月”所呈现出的强劲势头和充满生机的繁荣景象，让我们有理由相信，将来江苏戏剧事业还会攀登新的高峰，创造新的辉煌！

(姜志涛　《中国戏剧》杂志社)

◦ 从青春版扬剧《百岁挂帅》谈戏曲青年人才的培养与发展

青春版扬剧《百岁挂帅》在江苏大剧院热烈上演，引发了广泛关注。这是扬剧首批本科生历经四年深造归来，向江苏观众汇报表演的一台大戏。该戏中，须生、老生、老旦、刀马旦、文丑等各行当尽显风采，赢得了戏剧同行和戏迷们的阵阵喝彩，同时也体现了江苏地方戏曲传承发展的新成绩。

作为江苏省重要的地方戏之一，扬剧近些年取得了令人瞩目的成绩，青春版《百岁挂帅》更可看作扬剧这棵老树中长出的新叶。本文将以此为契机，谈谈对扬剧青年人才培养和发展的一些思考。

一、院校联动培养高素质戏曲演员

青春版《百岁挂帅》是中国戏曲学院表演系 2014 级多剧种班 13 名首批扬剧本科生的毕业汇报大戏，也是剧团联合专业院校培养高级人才机制的成果展示。

随着社会发展和观众欣赏水平的提高,观众对于艺术作品质量的要求有了提升,对戏曲演员的知识储备、专业素养也有了更高的期盼。本科戏曲人才的培养,是弥补这一缺位的重要举措。

中国戏曲学院作为戏曲艺术的最高学府,名家名师荟萃,剧种丰富集中,对于地方戏曲的表演者来说,在其中学习是博采众长、开阔眼界的好机会。

2012 年这批青年演员从扬州艺校毕业时,《百岁挂帅》当时也作为他们的毕业大戏在扬州演出。多年过去了,经过在戏曲学院耳濡目染的学习后,这批青年演员在舞台上的表现更加沉着稳重,对人物的演绎也更加细致入微,实现了对原有角色的超越。

因此,地方剧种在培养青年人才时,可以积极争取相关专业艺术学校的合作与培养,采用院校联动培养模式,甚至可以采取“私人定制”方式,培养高素质的戏曲人才。

二、青春版演绎传统经典剧目

《百岁挂帅》是扬剧传统剧目,取材于扬州连台本幕表戏《十二寡妇征西》。1959 年改编,首演就取得了强烈反响,同年进京演出受到了各界好评,被全国多个剧种移植,如京剧《杨门女将》,使扬剧发展达到了一个高峰。

一方面,扬剧青年演员学习这出戏,既是对扬剧传统经典剧目的继承,也是将在高校汲取众家之长后融入到扬剧本身剧种特色的过程,是磨炼表演技艺、回归扬剧表演样式的过程。

在本剧种老艺术家、优秀演员指导下,一字一句、一招一式地学习传统经典剧目,对于青年演员的成长和进步所起的作用是有目共睹的。

另一方面,从青春版《百岁挂帅》演出,以及近些年各剧种青春版演绎传统经典剧目的潮流来看,如青春版婺剧《穆桂英》、青春版昆剧《牡丹亭》等演出,都是戏曲年轻化的实验性途径,是创造性地继承发展传统剧目的方式之一。

青年演员视野广阔,思路灵活,有实验和创新的能力。比如此次《百岁挂帅》的演出,整场洋溢着青春气息的同时,剧本和舞台呈现方面有所调整,添加了“军营下棋”的戏份,使其更加符合现代观众的审美趣味,吸引了不少年轻观众。

由此展开来说,青年演员实际上大有可为,甚至可以尝试在剧团中设立青年团队,在传承传统经典剧目的同时,适当地将经典做一些实验性质的改编,使其年轻化、现代化,成为“现代戏”。

汪曾祺先生曾对现代戏有如下解释:“应该具有当代的思想,符合现代的审美观点,用现代的方法创作,使人对当代生活中的问题进行思索。”青春版《百岁挂帅》实际上仍然有改进的空间,比如可以尝试适当借鉴采用些许其他艺术形式,像青春版婺剧《穆桂英》中选用歌舞、杂耍一样,进一步提高其观赏性和趣味性。

三、名家教学,博取众剧种之长

这批扬剧青年演员在2007年进入了扬州艺校扬剧班,系统接受戏曲专业技能和基础的学习训练。为了使他们早日成才,扬剧王子李政成利用他在“梅花奖”艺术团的人脉资源，诚邀裴艳玲、谷好好、武陵云、齐爱云等各类戏曲“梅花奖”得主共同传教授课，使扬剧青年演员眼界大开，在潜移默化中学会博采众剧种之所长，为己所用。

近些年来，扬剧研究所依然不断邀请其他剧种名家带着本剧种的绝活绝技前来教学传技。与此同时，还采用拜师收徒的方式，让青年演员自主选择扬剧前辈，甚至是其他剧种的专家名家拜师学艺。近年来，随着名师工作室的实施推广，传统的以师带徒、口传心授的做法得以弘扬，让青年演员有了更多靠近名师、一对一学习的机会。

总而言之，青春版扬剧《百岁挂帅》演出及接下来的巡演是江苏地方剧种发展取得的成果之一。我们在欢欣鼓舞的同时，也应总结经验，尽可能地深入探索、挖掘戏曲人才培养的途径，积极寻找戏曲发展的可能性，培养一批又一批的青年戏曲人才，使戏曲在新的时代下继续焕发活力。

（余国煌　中国艺术研究院戏曲研究所）

◦ 推进政府协作　助力淮剧发展

2016 年 10 月,由江苏省淮剧团创排的大型现代淮剧《小镇》一举荣获第十五届中国文化艺术政府奖——文华大奖,这是我国专业舞台艺术政府最高奖,《小镇》成为华东地区此次唯一获得该奖项的剧目,这也是淮剧剧种首次获颁国家级最高奖。

淮剧是江苏的地方剧种之一,最早发源于清朝乾隆、嘉庆年间苏北的盐城淮安一带,在盐城地区勃兴,后传播至上海和安徽地区。

作为拥有一百多年历史的地方传统文化,淮剧反映了特定时期民众的所在、所思、所愿,在一定程度上引领和塑造了百姓生活。直至 20 世纪 80 年代,淮剧演出依然是江苏淮盐扬地区民众婚丧嫁娶和业余生活的重要内容。90 年代以后,因受外来流行文化的市场冲击,淮剧日趋衰弱。

近些年,在文化兴国的战略背景下,各地加快加强了对传统文化的保护和传承，淮剧获得了一定程度的保护和发展，表现为政府颁布实施了一些保护政策；一些学校设立了淮剧专业，力求建构人才培养机制；民间出现了淮剧爱好者自发组建的淮剧社团；少数企业也开展了淮剧演出活动。但总体上淮剧发展滞缓，依然存在政府资金投入较少、淮剧社团数量较少、社团成员年龄偏大、人才培养困难等实际问题。

政府、企业、学校、社会组织等虽然都是淮剧发展的众多主体，但依然以政府作用最为关键。突破淮剧发展瓶颈的解决之道即是尽快开展地方政府之间的协作。

政府协作包含政府横向协作和纵向协作。目前在淮剧发展方面，政府间的横向协作几乎空白。当前，私人淮剧团由于数量和影响极其有限，剧团的生存举步维艰，淮剧活动主要是公立淮剧团举办。全国有 13 个公立淮剧团，上海淮剧团是唯一的国家级淮剧团，其余淮剧团都分属江苏各地。公立淮剧团受各地文广新部门领导和管理，由于市县级政府之间缺乏横向协作体制，导致市县级的公立淮剧团之间合作极少，各地的淮剧文化活动基本上局限在当地区域内部，无法发挥出强大的合力作用。

淮剧属于区域性文化，地方政府作为淮剧最重要的发展主体，应该树立起整体性发展思维，通过加强政府间横向和纵向协作，积极推进淮剧发展。

政府协作对淮剧发展具有两大意义。首先，通过政府间协作，发挥政府的主体和主导作用，有利于统一的淮剧文化大市场的形成，推进淮剧文化产业的创新发展。各地淮剧文化资源存在很大差异、各自的优劣势不同,政府合作可以实现文化资源整合、优势互补、强强联合。其次,政府协作还有利于进一步繁荣淮剧文化事业。由于淮剧包含着特定的价值观和世界观,对人们的生活具有引领作用,因此,淮剧剧目的创作就涉及社会主义文化安全,地方政府之间的协作能保证社会主义文化安全,有助于“建设有中国特色的社会主义文化”战略目标的实现。

(纪丽萍　南京师范大学)

◦《桃花扇》如何成就越剧当代经典

借离合之情,抒兴亡之感。被誉为“明清传奇压卷之作”的孔尚任的《桃花扇》,在问世三百余年之后,又一次被搬上越剧舞台。该戏于 2019 年 3 月在南京首演,1 200 座剧场,两场皆满座,票房号召力非同一般。媒体纷纷给予赞誉“首演就轰动”“越剧《桃花扇》闪耀南京”! 专家也不吝赞美“这版越剧《桃花扇》是各类改编剧本中最接近孔尚任原著精神的一部”,甚至有专家表示它超过了当年欧阳予倩的改编剧本。

《桃花扇》一直是影视戏曲改编的热门题材,早期有王丹凤、冯喆主演的电影《桃花扇》,国家京剧院杜近芳、叶盛兰主演的京剧《桃花扇》,后来又有韩再芬、侯长荣主演的黄梅戏《桃花扇》,还有江苏观众特别熟悉的昆剧表演艺术家石小梅的代表作昆剧《桃花扇》。

众多《桃花扇》珠玉在前,越剧为何又要触碰这一题材,惯常演绎才子佳人儿女情长的江南剧种,怎样表现出"桃花扇底寄兴亡"这般悲壮的家国情怀呢?对此,出品方曾表示,《桃花扇》是发生在南京的故事,其实越剧老艺术家尹桂芳、竺水招六十年前均排演过这部戏,并留下了尹派和竺派两个版本著名唱段《香祭》,今时今日她们抱着"向经典致敬"的心境来排演这样一个大题材、大悲剧,想把《桃花扇》做成越剧在当代的经典剧目,传承下去。

可以看出,这一版越剧《桃花扇》拿出了十二分的诚意,从主创团队到演员阵容可谓大制作、超豪华——编剧是国内专家级人物、戏曲学院客座教授、地方戏曲复兴的重要缔造人之一;导演是北京大院团的一级编剧;主角是两个梅花奖得主、院团台柱子、流量颜值的担当;服装舞美灯光皆是国内顶尖大咖设计制作……从提出构思到剧本论证、主创会议讨论,连续一百多天的日夜排练,直至最终在南京首演,越剧《桃花扇》历经两年多时间的沉淀与打磨,品质明显优于仓促上马的项目。从一开场,观众就没有停止过对于"美"的赞叹。《桃花扇》的舞美在新中式美学和越剧传统审美之间取得了非常好的平衡。演员的化妆造型、服化道、灯光调度,几乎没有太多的可挑剔空间。观众被演员们尤其是两位主演的婉转唱腔、俏丽身段,以及大气、空灵、唯美的舞台展现所倾倒,久久不愿离场。

越剧《桃花扇》首演收获了成功的喜悦,然而欣喜之后仍有些许遗憾。从唱腔音乐方面来看,该剧采用交响乐队伴奏,跌宕起伏,气势恢宏。然看戏时却常有穿越之感,尤其在"守楼"一折,香君的大段独唱,曲子一会儿是方亚芬的袁派新腔,一会儿是袁派老腔《断肠人》,一会儿又隐约听出了《黛玉焚稿》的调子,整段整段的套用,虽然耳熟好听，但风格并不统一，容易让人有跳戏之感。另外，侯朝宗在“题画”一折里的大段唱腔，完全可以加入观众熟悉的尹派《香祭》，以体现剧组“向经典致敬”的初衷。

《桃花扇》原著本是昆曲剧本，共有四十四折，越剧选取了“却奁”“辞院”“守楼”“寄扇”“逢舟”“骂筵”“题画”“结局”等八折组成全剧。截取几折进行串演的模式，对于京昆这类以折子戏演出居多的剧种来说非常合适，但对于以故事情节见长的越剧等地方戏来说就略显违和了。越剧需要叙述一个完整的故事。而全剧从二人洞房开始，没有“访翠”的情感铺垫，也缺乏“眠香”的恩情缱绻，没几句就匆匆到了“却奁”“辞院”。既然甜蜜立不住，那么侯生内心深处放不下对国事的无奈与悲哀在这里就显得很苍白。

而后“守楼”“寄扇”“题画”都是大段大段的“独脚戏”，借用观众一句打趣的话就是“香君哭，香君哭完侯生哭，侯生哭完香君哭……”舞台上完全看不到越剧擅长的诸如《梁祝》十八相送、楼台会那样精彩俏皮抑或悲情切切的生旦对手戏。对比之下，“逢舟”“骂筵”反倒成了全剧最有戏、最抓人的两折。一些小戏迷甚至认为每场都出来打酱油的杨龙友才是全戏真正的主角。建议增加一些侯李二人的对手戏，用更加越剧的方式来演绎这版《桃花扇》。

“借离合之情，抒兴亡之感”是《桃花扇》的核心主题，略有遗憾的是，越剧版《桃花扇》离合之情满满，却很少能让人体会到“兴亡”之感。有人说，越剧不适合演历史兴亡、家国情怀这类大题材。其实不然，早期的越剧《红楼梦》在重点描写宝黛爱情悲剧的同时，也充分体现了原著思想内涵，影射了极其复杂的时代背景，产生了震撼人心的效果;茅威涛主演的越剧《陆游与唐婉》和《孔乙己》同样是通过对人物爱情以及命运的刻画,让观众深深感受到末世的动荡破败,以及人物在末世中失落、忧愤、凄凉交织在一起的躁动和无奈。这说明,越剧在讲好一个爱情故事的同时,完全可以表达出历史兴亡。

一部经典的诞生并非一蹴而就,希望越剧《桃花扇》从剧本到二度创作,不断加工打磨,相信假以时日,一定能成为越剧当代经典。

（海蓝　新华报业传媒集团）